Detlef Glückselig
Das Geheimnis der 24 Pforten

Detlef Glückselig

Das Geheimnis der 24 Pforten

mit Illustrationen
von Christine Pape

ISENSEE VERLAG
OLDENBURG

Bibliografische Information der Deutschen Bibliothek

Die Deutsche Bibliothek verzeichnet diese Publikation in der Deutschen Nationalbibliografie; detaillierte bibliografische Daten sind im Internet über <http://dnb.ddb.de> abrufbar.

ISBN 978-3-7308-1011-8

© 2013 Isensee Verlag, Haarenstraße 20, 26122 Oldenburg –
Alle Rechte vorbehalten
Gedruckt bei Isensee in Oldenburg

Inhalt

Ein Strandspaziergang 7
1. Katzenjammer 10
2. Das Tal der Tränen 13
3. Auf hoher See 17
4. Das sprechende Buch 20
5. Der Zeitlupenwald 25
6. Geisterkegeln 29
7. Die hässliche Helga 32
8. Der Bruchpilot 37
9. Der Streit der Bilder 41
10. Der müde Mike 45
11. Tratsch im Hühnerstall 49
12. Die Zauberzuckerwatte 53
13. Der traurige Schneemann 57
14. Der pummelige Pirat 61
15. Der ängstliche Sonnenschirm ... 65
16. Schachmatt mit Witzen 70
17. Der dunkle Raum 74
18. Der höfliche Friedolin 78
19. Die Rutschpartie 83
20. Der Zug nach Nirgendwo 87
21. Der waghalsige Waldemar 91
22. Der Spiegel der Wahrheit 96
23. Die Weihnachtsbäckerei 100
24. Die fleißigen Bienen 105

Auf zu neuen Abenteuern 110

Ein Strandspaziergang

Eiskalt pfiff der Wind über den Strand. Lorenz war froh, dass er ein so dickes Fell hatte. Der kleine Bär blickte über das graue Wasser und zog seinen Schal ein wenig enger um den Hals. Wenn es doch nur ein bisschen schneller gehen würde.
Erwin war einfach unglaublich langsam. Das lag nicht nur daran, dass die Schildkröte schon sehr alt war; die vielen Falten an ihrem Hals waren dafür ein eindeutiger Beweis. Erwin hatte auch extrem kurze Beine. Lorenz sah ein, dass man damit einfach nicht schneller laufen konnte. Aber manchmal ging dem kleinen Bären die Langsamkeit seines besten Freundes einfach auf die Nerven. Erst recht, wenn es draußen so kalt war wie an diesem tristen Novembermorgen.

Lorenz und Erwin hatten beschlossen, einen Strandspaziergang zu unternehmen. Der Bär fragte sich inzwischen, ob das eine so gute Idee gewesen war. Denn ihm war nicht nur kalt, ihm war auch furchtbar langweilig. „Können wir nicht ein bisschen schneller gehen?", fragte der Bär. Die Schildkröte drehte wie in Zeitlupe ihren Kopf und sagte: „Nur keine Hektik." Das war auch so eine Sache: Erwin ließ sich einfach durch nichts und niemanden aus der Ruhe bringen.

Erwin war wieder in Schweigen verfallen. Lorenz ließ seinen Blick über das Wasser schweifen und sehnte sich nach einem wärmenden Feuer und einem heißen Becher Tee. Am besten mit Honig. Sie würden noch den ganzen Weg zurück laufen müssen. Hätten sie doch nur ein Motorrad mit Beiwagen. Ach, seufzte der Bär in Gedanken, das müsste herrlich sein. Er würde mit Erwin im Beiwagen durch die Gegend brausen. Ein Riesenspaß würde das sein. Doch woher sollten ein kleiner Bär und eine alte Schildkröte das Geld für ein Motorrad nehmen?

Plötzlich wurde Lorenz aus seinen Gedanken gerissen. Er hatte etwas entdeckt. Mitten auf dem Strand lag eine geheimnisvoll schimmernde Flasche. Offenbar hatte die letzte Flut sie angespült. „Sieh mal!", rief der Bär

aufgeregt, und schon stürmte er los, um die Flasche aufzuheben. Erwin verdrehte die Augen. Eine alte Flasche – na und? Muss man dafür gleich in Hektik verfallen? Nicht mal im Entferntesten hätte die alte Schildkröte geahnt, welche Abenteuer ihr dieser Fund bescheren würde. Und wenn doch, dann wäre sie mit ihren kurzen Beinen schnurstracks in die andere Richtung gelaufen. Notfalls sogar schnell.

Lorenz hatte die Flasche inzwischen aus dem Sand gefischt. Und als er sie geöffnet hatte, geschah es. Vor den beiden Freunden stand, von grün waberndem Nebel umgeben, plötzlich ein gewaltiger Flaschengeist. Er schien den gesamten Strand auszufüllen. „Guten Tag", sagte der Flaschengeist, „ich bin ein Flaschengeist." Dann schmiss er sich in Pose und fügte hinzu: „Genauer gesagt: ein Weihnachtsflaschengeist. Und weil ihr mich aus meiner Flasche befreit habt, sollt ihrer einen Wunsch frei haben."

„Super!", rief der kleine Bär, „wir wünschen uns ein Motorrad mit Beiwagen." „Wir sollten erst das Kleingedruckte lesen", mischte sich die alte Schildkröte ein. „Quatsch", entgegnete der Bär, „wo ist das Motorrad?"

Der Geist erhob mahnend seinen grünen Zeigefinger. „Moment, meine Herren", donnerte er, „so einfach ist es nun auch wieder nicht. Zuerst müsst ihr 24 Pforten durchschreiten und 24 Prüfungen bestehen. Erst dann bekommt ihr euer Geschenk."

„Auweia", sagte die Schildkröte. „Los!", drängelte der kleine Bär. „Also gut", entgegnete der Flaschengeist, „tretet einen Schritt vor und schreitet durch die erste Pforte."

1 Katzenjammer

„Plopp!", machte es. Der kleine Bär hatte die Augen fest zugekniffen. Als er sie wieder öffnete, stand er vor einem wunderschönen Haus. Es hatte rote Türen und blaue Fensterrahmen. Die Außenwände waren mit Holz verkleidet. Das Haus machte einen gemütlichen Eindruck. Im Inneren konnte man den Feuerschein eines Kamins erkennen.

„Und jetzt?", fragte der kleine Bär. Da hörte er das Geräusch. Es klang erbärmlich. Ein Jammern wie von einem Kind oder einem Tier. War das vielleicht eine Katze?

Der Flaschengeist sagte kein Wort, sondern streckte nur einen seiner grünen Finger in die Luft und zeigte auf etwas. Der kleine Bär und die Schildkröte folgten dem Finger. Auf dem Dach des Hauses saß eine Katze, die sich offensichtlich nicht wieder herunter traute. Nervös schlich sie auf den roten Dachpfannen umher und suchte nach einer Möglichkeit, von dem Dach herunterzuspringen. Seltsamerweise hatte die Katze ein grünes Fell. Lorenz und Erwin hatten ein solches Tier noch nie gesehen.

Der Flaschengeist wusste offenbar nicht recht, wie er anfangen sollte. „Also... ähem", begann er, „ganz ehrlich gesagt, sieht die Prüfungsordnung diese Aufgabe gar nicht vor." Lorenz und Erwin warfen ihm einen fragenden Blick zu. „Na ja", fuhr der Flaschengeist fort, „meine Katze ist auf das Dach geklettert, und jetzt kann sie nicht wieder herunterkommen. Und... also, um es kurz zu machen: Ich dachte, dass ihr mir vielleicht helfen könnt. Damit wäre die erste Prüfung dann schon abgehakt."

Der kleine Bär und die alte Schildkröte sahen sich irritiert an. Konnte es angehen, dass ein so mächtiger Flaschengeist sich nicht traut, auf ein Dach zu klettern? „Also, Herr Geist, das ist ja merk...", begann Lorenz. „Scht!", machte die Schildkröte und baute sich vor dem Flaschengeist auf. „Wir müssen also nichts weiter tun, als die Katze vom Dach zu holen?", fragte sie. „So ist es", entgegnete der Flaschengeist kleinlaut und begann plötzlich zu hum-

peln, „ich hab' mir ein bisschen den Fuß verstaucht, und deshalb... äh, na ja, deshalb kann ich nicht selbst aufs Dach klettern."

So war das also... Jetzt schlug die große Stunde des kleinen Bären, denn klettern war eine seiner Spezialitäten. Die grüne Katze jammerte noch immer in den höchsten Tönen. Der Geist warf einen sorgenvollen Blick aufs Dach. „Ich helfe euch auch, wenn ihr bei einer der späteren Prüfungen Probleme haben solltet", versprach der Flaschengeist.

Darauf hatte Erwin nur gewartet. Er gab Lorenz einen Wink. Der kleine Bär kletterte geschickt auf einen Gitterkorb, in dem Steine gelagert waren, stützte sich an der Dachrinne ab, die unter seinem Gewicht ein wenig ächzte, und sprang dann mit einem kühnen Satz auf die Dachschräge. Die grüne Katze kam sofort auf ihn zugelaufen. Der kleine Bär packte sie, streichelte kurz den Kopf des Tieres und kletterte dann auf dem gleichen Weg zurück auf die Erde.

„Hier bitte", sagte er und gab dem Geist die Katze, die sich friedlich in den Arm des kleinen Bären geschmiegt hatte. „Super", strahlte der Geist.

„Eine meiner leichtesten Übungen", winkte Lorenz ab, und Erwin verdrehte leicht die Augen. Der Geist räusperte sich. „Na ja, ehrlich gesagt, war das nur eine Übung zum Aufwärmen. Freut euch besser nicht zu früh." Erwin und Lorenz sahen ihn irritiert an. „Ich bring jetzt die Katze rein", sagt der Geist schnell, „und dann kommt die nächste Prüfung".

Er verschwand im Haus und tauchte nach kurzer Zeit wieder auf. „So", sagte er, „das wäre erledigt." Der Geist warf noch einen Blick ins Haus, in dem die Katze es sich jetzt vermutlich vor dem Feuer gemütlich gemacht hatte.

„Das habt ihr sehr gemacht", lobte der Geist, „ich muss schon sagen, ich bin wirklich zufrieden". Lorenz war begeistert. „Hurra, wir bekommen ein Motorrad mit Beiwagen", jubelte er und führte einen kleinen Freudentanz auf. Das war nun wirklich eine leichte Aufgabe gewesen. Wenn es so weiterging...

Doch der Geist erhob seinen grünen Finger. „Freut euch nicht zu früh" wiederholte er, „denn noch warten 23 weitere Prüfungen auf euch, und die haben es in sich. Seid ihr bereit für die nächste Aufgabe?" Lorenz und Erwin nickten. „Dann tretet einen Schritt vor", sagte der Flaschengeist, „und schreitet durch die nächste Pforte".

2 Das Tal der Tränen

„Plopp!", machte es.
Erwin und Lorenz lebten in einer Gegend, die von saftig-grünen Wiesen geprägt war. Das Land, das die Bauern bestellten, war sehr fruchtbar.

Was sie nun zu sehen bekamen, war das genaue Gegenteil. Die Gegend war an Trostlosigkeit kaum zu überbieten. In der Ferne erblickten Erwin und Lorenz schroffe Felsen. Der Boden, auf dem sie standen, war rissig und staubtrocken. Auch nicht das kleinste Pflänzchen wuchs darauf.

„Ui", staunte der Bär. „Wir sind in einer Wüste gelandet", stellte die alte Schildkröte fest. „Ganz genau", hörten die beiden Freunde eine Stimme, die hinter ihnen aus dem Nichts zu kommen schien. Erwin und Lorenz drehten sich um und sahen den Flaschengeist, der auf dem staubigen Boden saß und ihnen den Rücken zuwandte.

„Das hier war einst ein sehr fruchtbares Land", sagte der Geist. „Doch irgendwann hörte es einfach auf zu regnen. Viele, viele Jahre ist das nun her. Die Flüsse versiegten, alle Pflanzen verdorrten. Den Menschen blieb keine Wahl, sie mussten fortziehen." Während dieser Erklärung war der Geist aufgestanden, hatte sich zu den Freunden umgedreht und war einen kleinen Schritt zur Seite gegangen. Damit hatte er den Blick auf eine völlig verkümmerte Pflanze freigegeben, die offensichtlich in den allerletzten Zügen hing und einen maßlos traurigen Eindruck machte.

„Diese verdorrte Pflanze ist die einzige, die noch übrig ist von der einst üppigen Vegetation dieses Landstrichs", setzt der Geist zur nächsten Erklärung an. „Die Legende besagt, dass nur wenige Tropfen Flüssigkeit ausreichen, um diese Pflanze wieder zum Leben zu erwecken und einen Prozess auszulösen, durch den es in der ganzen Gegend wieder sprießen und blühen würde." Der Geist machte eine kurze Pause, wohl um die Dramatik seiner Worte zu steigern. „Doch leider gibt es weit und breit keine Flüssigkeit mehr in diesem Tal der Tränen."

Erwin fragte sich, warum ein Geist mit so viel Macht, wie sie der Flaschengeist offenbar besaß, nicht einfach ein wenig Wasser herbeizauberte. Aber er behielt diese Frage lieber für sich. Als wenn der Geist Gedanken lesen könnte, sagte er: „Leider besagt die Legende auch, dass es nicht in meiner Macht steht, Wasser in dieses Land zu zaubern."

Aha, dachte die alte Schildkröte, wohl ahnend, was nun kommen würde: „Und deshalb ist es jetzt eure Aufgabe, Flüssigkeit für dieses arme Pflänzchen zu finden", sagte der Geist feierlich. „Ich bin dann mal weg. Viel Glück", ergänzte er weit weniger feierlich und löste sich vor den Augen der Freunde in Luft auf.

Erwin und Lorenz standen alleine in der Einöde. Die verkümmerte Pflanze machte den Eindruck, als würde sie keine halbe Stunde mehr durchhalten. „Wir müssen uns beeilen", sagte Lorenz, „die Pflanze macht's nicht mehr lange. Außerdem hab ich Durst." Erwin verdrehte wieder die Augen. „Sieh dich um", sagte er, „glaubst du im Ernst, dass wir hier irgendwo Wasser finden?"

Der kleine Bär ließ den Blick in alle Richtungen schweifen. „Ääh...", sagt er schließlich. „Eben", fiel ihm die alte Schildkröte ins Wort, „hier gibt es nichts. Wir müssen uns etwas anderes ausdenken."

Eine Weile passierte nichts. Hilflos standen die Freunde in der Einöde. Lorenz hatte schon ein ganz verzweifeltes Gesicht aufgesetzt. „Ojemine", stöhnte er, „da geht es hin, unser schönes Motorrad. Diese Aufgabe werden wir niemals lösen können. Und außerdem hab ich immer noch Durst."

Erwin war eine Schildkröte und außerdem zu alt, um sich ruckartig zu Lorenz umdrehen zu können. Aber wenn er es gekonnt hätte, dann hätte er es jetzt getan. „Ich hab eine Idee", sagte er. „Hat der Geist nicht vorhin vom Tal der Tränen gesprochen? Das ist die Lösung! Wir müssen über der Pflanze Tränen vergießen, dann wird sie wieder wachsen!" Die Begeisterung über seine eigene Idee wich schnell einem grüblerischen Ausdruck. „Allerdings haben Schildkröten keine Tränenflüssigkeit", sagte Lorenz, „also musst du das machen."

Lorenz sah seinen Freund an. „Ich?" Erwin nickte eifrig. „Ja, sicher. Los denk an etwas ganz Trauriges, damit dir die Tränen kommen." Endlich begriff Lorenz. Er grübelte so angestrengt wie vielleicht noch nie zuvor in seinem jungen Bärenleben.

Doch es geschah nichts. „Mir fällt einfach nichts ein", jammerte Lorenz. „Herrgott, das kann doch nicht so schwierig sein", drängelte die alte Schildkröte. „Es ist aber schwierig. Wir haben doch so ein lustiges Leben und immer so viel Spaß", entgegnete der kleine Bär verzweifelt. Inzwischen sah er fast so bemitleidenswert aus wie das sterbende Pflänzchen.

Da kam Erwin die nächste brillante Idee. Er ging ohne Vorwarnung auf Lorenz zu und begann ihn zu kitzeln. „Hey", beschwerte sich der kleine Bär, „was soll das?" Doch die Worte gingen schon in seinem Lachen unter. Und Erwin kitzelte immer weiter, erst den Bauch des Bären, dann die Unterseite seiner Arme und eine besonders empfindliche Stelle am Hals.

Lorenz lachte und lachte und bekam kaum noch Luft. Und schließlich lachte Lorenz… Tränen! Sie kullerten direkt auf die verdorrte Pflanze, zu der Erwin seinen Freund während des Kitzelns geschickt gelotst hatte.

Und plötzlich veränderte sich alles. Überall sprossen Grashalme aus dem Boden, sogar unter den Füßen der beiden Freunde. Das staubige Braun, das eben noch die Landschaft geprägt hatte, wich einem saftigen Grün. Und das verdorrte Pflänzchen streckte sich zu einer stattlichen Pflanze empor, die gerade eine prächtige Blüte trieb. „Wow", entfuhr es dem kleinen Bären.

„Wow", hörten die Freunde hinter sich eine Stimme, als gebe es in dieser Gegend nicht nur endlich wieder Pflanzen, sondern auch ein Echo. Der Flaschengeist war wie aus dem Nichts wieder aufgetaucht. Er war augenscheinlich begeistert. „Wow", wiederholte er, „ich weiß zwar nicht, wie ihr das angestellt habt, aber ihr habt diese wirklich schwere Aufgabe großartig gemeistert." Lorenz klatschte begeistert in die Tatzen.

„Jetzt bin ich sehr zuversichtlich, dass ihr die nächsten Prüfungen auch schaffen werdet", sagte der Geist. „Wie beruhigend", entgegnete Erwin. Der Geist überhörte den leicht sarkastischen Unterton in der Stimme der alten Schildkröte. Er richtete sich zu voller Größe auf und fragte: „Seid ihr bereit für die nächste Prüfung?" Die Freunde nickten. „Dann", sagte der Geist, „tretet einen Schritt vor und schreitet durch die dritte Pforte."

3 Auf hoher See

„Plopp!", machte es, und der kleine Bär und die Schildkröte sahen nichts – außer Wasser. Sie saßen in einem kleinen Ruderboot, in dem sich einzig eine lange Leine befand. Der Flaschengeist schwebte genau vor ihnen auf der Wasseroberfläche. Er hatte sich in eine viel zu enge Kapitänsuniform gezwängt und trug eine Schiffermütze auf dem Kopf. „Ahoi!", rief der Geist, „dies ist eure nächste Aufgabe. Ihr habt nichts weiter zu tun, als an Land zu gelangen". Dann war er verschwunden.

„Das ist ja eine schöne Bescherung", sagte der Bär, „wir haben kein Segel und kein Ruder. Und meilenweit ist kein Land in Sicht. Was machen wir denn jetzt?" Die Schildkröte blickte über die Planken des kleinen Bootes auf die graue Wasserfläche und sagte: „Nichts." Lorenz sah seinen Freund bestürzt an. „Wie, nichts? Wir können hier doch nicht einfach sitzen und nichts tun." Erwin zog langsam seinen Kopf in den Panzer. „Hast du eine bessere Idee? Weck mich, wenn etwas passiert", sagte die Schildkröte, und ihr Kopf war verschwunden. Kurze Zeit später hörte man ein lautes Schnarchen.

Stunden schienen zu vergehen, und der kleine Bär verspürte langsam Hunger und Durst, als er am Horizont einen hellen Fleck erspähte, der immer größer wurde. Es handelte sich um einen gewaltigen Albatros, der langsam vom Himmel schwebte und sich auf das Ruderboot setzte. „Guten Tag", sagte der Albatros, „ich bin Albert, der widerwillige Albatros, und wie's aussieht, habt ihr ein Problem".

„Einen Moment", sagte der Bär und klopfte hastig auf den Panzer der Schildkröte, „Ich wecke nur schnell meinen Kompagnon." Verschlafen steckte Erwin seinen Kopf hervor. „Was soll der Radau?", fragte er und gähnte. „Das ist Albert, der widerwillige Albatros", entgegnete Lorenz und deutete auf den großen Vogel, der seinen Blick über das Wasser schweifen ließ und sich bemühte, einen völlig unbeteiligten Eindruck zu machen.

„Guten Tag, Herr Albatros", sagte Erwin schließlich, „können Sie uns vielleicht helfen? Wir müssen irgendwie an Land gelangen, aber wir haben

nichts als eine lange Leine. Vielleicht haben Sie eine Möglichkeit, uns zu ziehen." Der Albatros würdigte die Schildkröte kaum eine Blickes und sagte: „Nö." Er legte eine kunstvolle Pause ein, die wohl die Dramatik steigern sollte, und fuhr dann fort: „Wenn ich euch helfen würde, stünde der Aufwand in einem umgekehrt reziproken Verhältnis zum Ertrag. Eine Kosten-Nutzen-Analyse, die ich kurz angestellt habe, lässt mich zu dem Schluss gelangen, dass die gewünschte Hilfeleistung keinerlei Zugewinn monetärer oder sonst welcher Art verspricht, ergo in keiner Weise ein lohnendes Geschäft darzustellen vermag. Noch Fragen?"

„Hä?", sagte der kleine Bär. Er hatte nicht ein einziges Wort verstanden, nur, dass der Vogel sich offenbar weigerte, ihnen zu helfen. „Langsam wird mir klar, warum er der widerwillige Albatros genannt wird", raunte Erwin seinem Freund zu. Dann wandte er sich an den Albatros: „Was würden Sie denn als eine adäquate Gegenleistung für ihre Dienste erachten? Oder ist es vielleicht so, dass Sie viel zu schwach sind, ein Ruderboot mit einer alten Schildkröte und einem kleinen Bären zu ziehen?"

Der Albatross plusterte sich auf, als sei er mit dem Schnabel in eine Steckdose geraten. „Natürlich bin ich nicht zu schwach", sagte er entrüstet und dann etwas sanfter: „Ich würde es mir überlegen, wenn der Bär mir verspräche, den gesamten Honigvorrat, den er im kommenden Jahr sammelt, an mich abzutreten." Lorenz wollte gerade anfangen zu protestieren, doch Erwin hielt ihn zurück. „Nicht so hastig", flüsterte er dem kleinen Bären ins Ohr, „der komische Vogel ist nur ein Gebilde unserer Phantasie, wir werden ihn nie wiedersehen, wenn wir diese Prüfung geschafft haben". Endlich verstand Erwin. „Abgemacht", sagten sie beide wie aus einem Munde.

Erwin und Lorenz banden das eine Ende der Leine an ihrem Boot fest, das andere Ende nahm der Albatros in den Schnabel. Er breitete seine kräftigen Flügel aus, erhob sich in die Luft, und schon ging die rasante Fahrt los. Bereits nach weniger als einer halben Stunde sahen sie das Ufer, kurz darauf legten sie an.

Am Strand wartete der Flaschengeist in seiner Kapitänsuniform. „Aha", sagte er, „wie ich sehe, habt ihr es geschafft, den widerwilligen Albert zu überreden. Gut gemacht! Ihr habt die Prüfung bestanden." Der Vogel hatte sich auf einen Poller an der Uferlinie gesetzt. „Was ist jetzt mit meinem Honig?", krächzte er ein wenig außer Atem. „Ach, halt den Schnabel", sagte der Flaschengeist, schnippte mit seinen grünen Fingern, und plötzlich war der Albatros verschwunden. „Siehste", sagte Erwin zu dem kleinen Bären, „hab' ich doch gesagt".

„Seid ihr bereit für die nächste Aufgabe?", fragte der Flaschengeist. „Dann tretet einen Schritt vor und schreitet durch die vierte Pforte."

4 Das sprechende Buch

„Plopp!", machte es, und was sich ihm jetzt offenbarte, das hatte der kleine Bär noch nie gesehen. Sie standen inmitten unglaublich vieler Bücher, die sorgsam in scheinbar unendlichen Regalen aufgereiht waren. „So etwas nennt man Bücherei", kommentierte Erwin gelassen den staunenden Blick seines Freundes.

„Genau", flüsterte der Geist, weil man in einer Bücherei nicht herumbrüllen darf, „willkommen zu eurer nächsten Aufgabe". Die Bücherei war menschenleer. Und sie schien riesengroß zu sein. „Dies ist eine ganze besondere Bücherei", erklärte der Flaschengeist, „es handelt sich nämlich um ein Labyrinth. Und es gibt nur einen, der euch den Ausweg aus diesem Irrgarten zeigen kann". Ohne ein einziges Geräusch verschwand der Flaschengeist in einer Wolke aus grünem Nebel.

„Klasse", bemerkte die Schildkröte voller Sarkasmus, „erst ein endloses Meer, jetzt ein riesengroßer Irrgarten von Bücherei. Da hast du uns ja schön was eingebrockt." Der kleine Bär zuckte mit den Schultern. „Und wie geht's jetzt weiter?", fragte er.

„Wir laufen erst mal los", antwortete Erwin, „irgendwas wird schon passieren".

Die beiden Freunde nahmen die erstbeste Abzweigung, die in die Tiefen der Bücherei führte, und es dauerte nur wenige Meter, da passierte wirklich etwas. Lorenz und Erwin stach ein Buch ins Auge, das als einziges nicht in eines der Regale einsortiert war, sondern auf einem kleinen Tisch lag. Es musste sich um ein sehr altes Buch handeln, denn es war schon ziemlich abgewetzt. Der kleine Bär hätte das Buch vielleicht gar nicht bemerkt, doch Erwin hielt ihn zurück. „Das ist doch seltsam", grübelte die Schildkröte, „warum liegt hier ein einziges Buch so offen herum, während alle anderen in den Regalen stehen?" Lorenz konnte wieder nur mit den Schultern zucken. Ihm war die ganze Sache unheimlich. „Los", forderte Erwin, „klapp es auf".

Kaum hatte der kleine Bär den Buchdeckel aufgeschlagen, da ging es auch schon los. „Ach so, das hab' ich gerne. Kommen hier hereingeplatzt und stören mich in meinem Schönheitsschlaf. Na, hätte ich mir ja denken können. Nie hat man hier seine Ruhe. Also, ich sag's euch, es ist alle paar hundert Jahre derselbe Stress, kaum hat man sich eine Weile hingelegt, da kommt irgendwer und nervt. Kannst du mal dies, kannst du mal das? Oh, ich bin ein armes altes Buch. Hätte ich doch nur auf meine Mutter gehört. Werd' ein schönes dickes Geschichtsbuch, da guckt nie einer rein, dann hast du deine Ruhe, hat sie immer gesagt. Aber nein, ich musste ja ein sprechendes Buch werden. Und schon haben wir den Salat. Na ja, jetzt ist es sowieso zu spät. Wenn man erst mal..."

„Stop", brüllte die alte Schildkröte so laut sie nur konnte. Das Buch verstummte. „Es tut uns ja leid, dass wir dich gestört haben", fuhr Erwin fort, „aber wir haben ein großes Problem". Die Schildkröte hielt einen Moment inne und überlegte kurz. „Sag mal", fuhr sie schließlich fort, „wer bist du eigentlich?" Und schon begann das Buch wieder zu plappern. „Wer ich bin? Wer ich bin, fragt er. Du glaubst es nicht. Kommt hier hereingeschneit, und fragt, wer ich bin. Von Tuten und Blasen keine Ahnung, hat sich vermutlich hoffnungslos in der Bücherei verfranst, und jetzt will er wissen, wer ich bin. Oh, ich hätte auf meine arme, alte Mutter hören sollen. Geschichtsbücher haben ein ruhiges Leben, sagte sie, da musst du dich nicht totarbeiten. Da kannst du auch mal Urlaub machen, ausspannen und in die Sonne fliegen. Ja, ein Geschichtsbuch müsste man sein, da hätte..." Ohne Vorwarnung klappte Erwin den Buchdeckel zu. „Mein Gott, der redet ja wie ein Buch", bemerkte Lorenz. Dann schlug die Schildkröte das Buch wieder auf. „Ach, da seid ihr ja schon wieder. Dachte schon, ihr hättet's euch anders überlegt. Aber das war ja klar, dass ihr ohne mich nicht zurecht kommt. Glaubt mir, ihr seid nicht die einzigen, die hier ankommen und irgendwas von mir wollen. Wie gesagt, mindestens alle hundert Jahre sind da irgendwelche Leute..."

Erwin nahm das Buch und schüttelte es. „Sag uns endlich, wer du bist!", brüllte er. Ausnahmsweise fasste sich das Buch kurz. „Also gut, ich bin Harald, das sprechende Buch. Und außerdem bin ich beleidigt." Jetzt mischte sich der kleine Bär ein. „Entschuldigung Harald, wir wollten dich wirklich nicht stören. Kannst du uns nicht sagen, wie man aus diesem Irrgarten herausfindet? Sonst wird's nichts mit dem Motorrad."

Auf ein solches Stichwort hatte das Buch nur gewartet. „So so, er träumt von einem Motorrad, was? Und unsereins muss es wieder mal ausbaden. Hab ich ein Motorrad? Kann ich durch die Gegend brausen? Ich sag euch die Antwort: Nein, kann ich nicht. Ich muss hier rumliegen und Leuten dumme Fragen beantworten. Wirklich, es ist eine Schande. Ich wäre ein gutes Geschichtsbuch geworden, ein dickes Geschichtsbuch, ein Geschichtsbuch, das seine Ruhe hat. Stattdessen muss ich wildfremden Leuten zu einem Motorrad verhelfen. Ja, wo sind wir denn hier? Da könnte ja jeder kommen. Eins will ich euch mal sagen..."

Erwin warf dem Buch einen bitterbösen Blick zu. „Ähem... wo waren wir stehen geblieben?", sagte Harald schnell, „ach so, ja, der Ausweg aus dem Irrgarten. Also gut, lasst mich mal überlegen. Oh, wenn ich mich nur erinnern könnte. Es ist keine dreihundert Jahre her, da standen schon mal Leute hier und hatten dasselbe Problem. Ach, ich kann euch sagen, mit meinem Gedächtnis ist es auch nicht mehr das Wahre. Früher, da hätte ich meinen gesamten Inhalt aus dem Gedächtnis rezitieren können. Heute weiß ich nicht mal mehr, was auf Seite 682 steht. Ein Jammer ist das, ein echter Jammer. Wenn ich ein Geschichtsbuch wäre, dann müsste ich mir nur ein paar Zahlen merken. Aber so? Da hat man alle Hände voll zu tun. Man sollte es gar nicht meinen, aber...."

„Der Ausweg!", fuhr die alte Schildkröte dazwischen. „Ach ja, der Ausweg", sagte das Buch, „also schön, ich werde es kurz machen: bevor ich euch den Ausweg zeige, müsst ihr erst ein Rätsel lösen. Ihr müsst mir sagen, wie das letzte Wort in mir lautet. Das hab ich nämlich auch vergessen. Wisst ihr, es ist doch so, eine Hand wäscht die andere, und wenn..."

Erwin und Lorenz ließen Harald einfach weiterplappern, während sie grübelten, wie das letzte Wort in dem Buch lauten könnte. „Also, ein Geschichtsbuch ist Harald nicht, so viel wissen wir schon mal", fasste Erwin zusammen. „vermutlich ist er also ein Roman. Aber wie sollen wir herausfinden, wie das letzte Wort lautet? Es gibt Hunderttausende von Wörtern".

Die beiden Freunde überlegten hin und her. Plötzlich schlug sich der kleine Bär mit der Tatze an die Stirn. „Man, wir sind doch blöd. Natürlich heißt das letzte Wort ‚Ende'. Das ist in jedem Buch so." Erwin war zwar ein wenig angesäuert, weil er nicht auf diese Idee gekommen war. Er musste aber zugeben, dass die Überlegung seines Freundes irgendwie logisch war.

Harald plapperte immer noch. „... tja, und deshalb bin ich seinerzeit zur Schule für sprechende Bücher gegangen. Oh, das war eine schöne Zeit, zusammen mit all den anderen Büchern. Ich weiß noch, als wir an einem Tag mal einem der Lehrer einen Streich gespielt haben. Der kam morgens in den Klassenraum, und da hatte Klaus – Klaus war einer meiner Klassenkameraden, wir saßen zusammen in einem Regal, und er... na, egal – auf jeden Fall hatte Klaus..." Das Buch unterbrach sich selbst, als es bemerkte, dass Erwin und Lorenz ihre Grübelei beendet hatte. „Oh, da seid ihr ja. Und? Habt ihr die Lösung gefunden?"

„Allerdings", antwortete der kleine Bär und konnte seine Freude über die eigene Cleverness kaum verbergen, „das letzte Wort lautet ‚Ende'. Ist doch logisch." Harald war sprachlos, was vermutlich in den letzten tausend Jahren nicht mehr vorgekommen war. „Donnerwetter, du hast recht. Jetzt erinnere ich mich wieder", sagte das Buch, „ihr habt es euch redlich verdient, dass ich euch den Ausgang aus der Bücherei zeige. Geht einfach geradeaus, bei den Lexika biegt ihr nach links ab, vorbei an den Kinderbüchern, bei den Liebesromanen rechts, bei den Gartenbüchern wieder links, nach der langen Reihe mit Reiseführern noch einmal links, und wenn ihr euch dann bei den Krimis rechts haltet, seht ihr schon die Tür."

Der kleine Bär und die Schildkröte bedankten sich bei dem Buch. „Sollen wir dich wieder zuklappen?", fragte Lorenz. „Ach, ja, das wäre sehr freundlich", antwortete das Buch, „dann könnte ich mich noch ein wenig ausruhen." Harald hielt kurz inne. „Andererseits, hey, ihr scheint mir zwei ganz nette Typen zu sein. Wollen wir nicht noch ein bisschen plaudern? Ich könnte da noch eine Geschichte aus der Schule zum Besten geben. Also, wir hatten da so ein dickes Buch..., wie hieß es noch gleich? Reinhard? Oder Klaus-Günther? Nee, Moment mal. Ach, ist ja auch egal. Dieses dicke Buch – wie war denn bloß sein Name? – das dicke Buch kam also eines Morgens zu spät zum..."

„Danke noch mal", rief Lorenz eilig und klappte Harald ohne ein weiteres Wort einfach zu. Dann gingen sie los.

Die Wegbeschreibung des Buches kam haargenau hin. Als sie die Krimis passiert hatten, sahen sie schon den Flaschengeist an der Ausgangstür warten. „Das ging ja schnell", wunderte sich der Geist, „Harald war heute wohl ziemlich wortkarg, was?" Lorenz und Erwin warfen dem Flaschengeist einen bösen Blick zu. „Schon gut", wehrte der Geist ab, „ich sag ja schon nichts mehr. Harald ist wirklich ziemlich anstrengend". Der Geist hob wieder seinen grünen Zeigefinger. „Seid ihr bereit für die nächste Aufgabe?", fragte er. „Dann tretet einen Schritt vor und schreitet durch die fünfte Pforte."

5 Der Zeitlupenwald

„Plopp!", machte es. Erwin und Lorenz stieg der Geruch von Tannennadeln und frischem Holz in die Nase. „Wir stehen vor einem Wald", bemerkte der kleine Bär. „Ach", sagte die alte Schildkröte. Der Flaschengeist war nirgendwo zu sehen. Dafür entdeckten sie an einem der Bäume zum Eingang des Waldes einen Zettel. Darauf stand geschrieben: „Hallo, Freunde, muss kurz was einkaufen. Ihr steht vor einer sehr schweren Prüfung, denn hier ist eine ganz besondere Tugend gefragt. Aber ihr werdet schon irgendwie zurechtkommen. Geht einfach in den Wald, der Rest ergibt sich. Gruß. Flaschengeist". „Komischer Kerl", sagte Lorenz. „Allerdings", antwortete Erwin. Dann gingen sie los.

Die beiden Freunde hatten kaum den Wald betreten, da passierte etwas Seltsames. Erwin und Lorenz bemerkten, dass ihre Bewegungen langsamer geworden waren. Das heißt, genau genommen waren vor allem die Bewegungen des kleinen Bären, der sonst stets um die Schildkröte herumtänzelte und bei einem Spaziergang mindestens den doppelten Weg zurücklegte, langsamer geworden. Erwin war ja ohnehin nicht der Schnellste. Daher machte sich der Effekt bei ihm noch kaum bemerkbar. Doch Lorenz hatte den Eindruck, er würde durch Pudding waten.

„Was ist jetzt denn wieder los?", fragte der kleine Bär. „Keine Ahnung", antwortete die Schildkröte, „vielleicht sind wir in einer Art Zeitlupenwald gelandet."

„Zeitlupenwald? Was soll das denn sein?", wollte Lorenz wissen. Erwin deutete nur zwischen die Bäume. Dort war ein Reh zu sehen, das sich vor den beiden Eindringlingen offenbar erschrocken hatte und davonsprang. Das tat es allerdings so langsam, dass selbst Erwin es mühelos hätte fangen können – wenn sich seine Bewegungen auf den rund 100 Metern, die sie inzwischen zurückgelegt hatten, nicht ebenfalls immer mehr verlangsamt hätten. „Na ja", erklärte die Schildkröte endlich, „ein Wald eben, in dem alles wie in Zeitlupe abläuft".

Sie waren knapp einen halben Kilometer gelaufen, und mit jedem Schritt waren ihre Bewegungen zäher geworden. Plötzlich sahen Erwin und Lorenz, dass ihnen eine Schnecke entgegenkam. Die Schnecke war mindestens noch 200 Meter entfernt. Seltsamerweise konnten die beiden Freunde ihre Stimme dennoch so laut und deutlich hören, als stünde sie genau neben ihnen. „Hallo, ich bin eine Zeitlupenschnecke. Mein Name ist Stefan, und ich soll euch vom Flaschengeist eine Nachricht überbringen."

„Dann los", rief der Bär, der immer mehr Mühe hatte, sein Temperament zu zügeln. Am liebsten wäre er herumgesprungen und der Schnecke entgegengerannt. Aber das ging eben nicht. „Ich beeil mich ja schon", sagte die Schnecke, „was glaubst du wohl, warum ich zur Gattung der Zeitlupenschnecken gehöre? Du musst schon ein bisschen Geduld haben."

Geduld war leider so ziemlich das Letzte, was der kleine Bär aufzubringen in der Lage war. Bei ihm hatte schon immer alles schnell gehen müssen. Deshalb regte er sich ja manchmal auch so über Erwin auf, der sich bei dieser

Prüfung übrigens pudelwohl zu fühlen schien. „Die Schnecke hat recht", tadelte die Schildkröte den kleinen Bären, „verbreite doch nicht schon wieder eine solche Hektik." Offenbar wirkte sich der Zeitlupenwald inzwischen auch auf die Sprache oder die Geschwindigkeit des Schalls aus. Zumindest dauerte es fast zwei Minuten, bis der Satz der Schildkröte das Ohr des kleinen Bären erreicht hatte. Und im Übrigen schienen sie der Schnecke noch kein Stück näher gekommen zu sein. Lorenz hätte kreischen mögen, so sehr brannte er innerlich darauf, dass es endlich voranginge. Stefan und Erwin mochten in diesem Wald ein perfektes Paar abgeben, doch für den kleinen Bären stand fest, dass dies für ihn bislang die mit Abstand schwerste Prüfung war.

Ein Blatt fiel so langsam von einem Baum, dass man es in aller Ruhe im Flug hätte bemalen können. Der kleine Bär versuchte, es zu fangen. Doch er war nicht schnell genug. „Fuchtel hier doch nicht so wild herum", sagte Erwin, und der kleine Bär war kurz davor, die Beherrschung zu verlieren. „Du musst ruhiger werden", ergänzte die Schildkröte überflüssigerweise.

Unendlich langsam kam die Schnecke näher. Als die beiden Freunde sie endlich erreicht hatten, schienen Stunden vergangen zu sein. Tatsächlich war die Sonne, die durch die hohen Baumwipfel strahlte, am Himmel kein noch so winziges Stückchen weiter gewandert. Offenbar unterlagen sogar die Zeit und die Gestirne den Gesetzen dieses seltsamen Waldes. Lorenz dachte darüber nach, wie lange es wohl dauern mochte, bis hier nach normalen Maßstäben ein Tag vergangen war. Er fragte Erwin danach. „Nach meiner groben Schätzung ungefähr 300 Jahre", sagte die Schildkröte, die über diese Frage offenbar auch schon nachgedacht hatte.

„Es sind genau 347 Jahre, 14 Tage, neun Stunden, 54 Minuten und 11 Sekunden", sagte Stefan, „und hier ist eure Nachricht". Die Schnecke reichte Erwin den Zettel in einem Tempo, in dem Schriftsteller ganze Bücher verfassten. „Was steht drin?", fragte Lorenz. „Ganz ruhig", sagte Erwin und las nach einer weiteren halben Ewigkeit, die es dauerte, bis er seine Lesebrille aus dem Panzer gezogen hatte, die Aufschrift des Zettels vor: „Die fünfte Prüfung bestand einzig darin, dass ihr Geduld aufbringt. Offenbar habt ihr sie bestanden, denn sonst könntet ihr diese Nachricht nicht lesen. Alles Gute. Geist." Erwin faltete den Zettel zusammen. In völlig normalem Tempo, wie der kleine Bären zu seiner großen Erleichterung feststellte. Die Wirkung des Zeitlupenwaldes schien vorbei zu sein. Lorenz stieß einen Freudenschrei aus und begann durch die Gegend zu springen. „Geschafft, geschafft!", rief er, „alles ist wieder normal! Los, lass uns schnell abhauen!"

Erwin sah die Schnecke an, deutete auf Lorenz und sagte: „Ich glaube, er hat nicht viel aus dieser Prüfung gelernt, oder?" Die Schnecke schüttelte nur den Kopf. „Ach ja, bevor ich's vergesse", sagte Stefan schließlich, „der Geist lässt ausrichten, wenn ihr bereit seid für die nächste Aufgabe, dann sollt ihr einen Schritt vortreten und durch die sechste Pforte schreiten."

6 Geisterkegeln

„Plopp!", machte es. Der kleine Bär und die Schildkröte vernahmen ein Poltern und Rumpeln, und es roch ein klein wenig nach Schweiß.

„Auch das noch", stöhnte Erwin, „eine Kegelbahn. Ich hasse Kegeln." Nach der Untätigkeit, zu der ihn die vorherige Prüfung gezwungen hatte, legte Lorenz vergnügt einige Kniebeugen hin. „Ich nicht", rief er, „soll's losgehen?" Der Geist schien die Rolle des Schiedsrichters einnehmen zu wollen. Auf jeden Fall hatte er ein gelbes T-Shirt an, um seinen Hals baumelte eine Trillerpfeife. „Moment, junger Freund", sagte er, „zunächst muss ich euch erklären, dass dies keine normale Kegelbahn ist, sondern eine Geisterkegelbahn. Und dann gibt es noch ein kleines Vorprogramm."

Der Flaschengeist klatschte zweimal in die Hände, und aus dem Nichts tauchte eine Gruppe von Mädchen auf, die Federbüschel schwangen und kurze Röcke trugen. „Darf ich vorstellen?", fragte der Geist galant, „meine Cheerleader." Disco-Musik erklang, und schon begannen die Mädchen zu tanzen, sich gegenseitig die Federbüschel zuzuwerfen und Menschenpyramiden zu bauen. Die Show dauerte einige Minuten, dann klatschte der Geist erneut in die Hände, und die Mädchen waren wieder verschwunden. „Nicht schlecht, was?", sagte der Geist, „so, jetzt aber zu den Spielregeln. Wer von euch kegeln wird, ist ja wohl schon geklärt. Also, kleiner Bär, du hast zehn Würfe und musst dabei mindestens einmal alle Neune schaffen. Erst dann ist die sechste Prüfung bestanden."

„Alles klar", sagte der Bär, „das Problem ist nur, dass da gar keine Kegel stehen". „Oh" sagte der Geist und entlockte seiner Trillerpfeife einen schrillen Ton. Prompt marschierten neun grüne Mini-Geister auf und postierten sich am anderen Ende der Bahn. „So", sagte der Geist, „das wäre erledigt. Dann also viel Glück."

„Danke", entgegnete der Bär und schnappte sich die erste Kugel. Er nahm Anlauf, setzte sauber auf, und die Kugel rollte schnurstracks auf die Kegel zu. Doch genau in dem Moment, als die Kugel die Geister hätte erreichen und treffen müssen, huschten die grünen Wesen wie auf Kommando auseinander und brachen in ein schadenfrohes Gekicher aus. „Hey, das ist nicht fair,

die hauen ja ab", beschwerte sich der Bär. Der Flaschengeist rückte die Schirmmütze, die er inzwischen aufgesetzt hatte, zurecht. „Ich hab doch gesagt, es handelt sich um Geisterkegeln."

Lorenz nahm die zweite Kugel. Wieder hatte er die Kegel genau anvisiert und der Kugel auch den richtigen Schwung gegeben. Doch diesmal sprangen die Geister einfach nach oben, als die Kugel sie zu überrollen drohte. Und wieder erntete der Bär ein schadenfrohes Kichern. Das Spiel wiederholte sich. Einmal liefen die Geister auseinander, beim nächsten Mal sprangen sie wieder in die Luft, dann machte sie sich einfach unsichtbar und tauchten erst wieder auf, als die Kugel die Stelle, an der die grünen Wesen eben noch gestanden hatten, längst passiert hatte.

„Mann, ist das gemein", schimpfte Lorenz, den der Misserfolg und das Gekicher der Kegelgeister inzwischen richtig wütend gemacht hatte, „so kann man ja nie alle Neune schaffen". Der Geist nahm die Trillerpfeife, auf der er die letzten fünf Würfe amüsiert herumgekaut hatte, aus dem Mund. „Denk nach", riet er dem kleinen Bären, „und benutze deine Phantasie." Erwin nickte bestätigend mit dem Kopf.

„Denk nach! Der ist witzig", maulte der kleine Bär, bevor er die nächste Kugel nahm. Er hatte nur noch einen einzigen Wurf, um die Kegel endlich zu erwischen. Plötzlich musste er an Albert, den widerwilligen Albatros, denken. Wie war das mit dem Honig gewesen? Benutze deine Phantasie, hatte der Geist gesagt. Lorenz nahm Anlauf und konzentrierte sich mit aller Kraft auf die Kugel, nachdem er sie losgelassen und in Richtung der Kegel geschoben hatte. Da geschah es. Kurz bevor sie die Geister erreicht hatte, zerfiel die große Kugel in neun kleine Kugeln, die nun allesamt den Kegeln nachliefen. Wenn eine Kugel einen der Geister eingeholt hatte, wuchs aus ihr ein kleiner Arm mit einer Faust am Ende, die den Kegel einfach umboxte. Nach der wilden Jagd, die vielleicht eine knappe Minute gedauert hatte, waren alle Kegel umgefallen. „Hurra!", jubelte der Bär, „ich habe gewonnen! Gewonnen!"

Sogar Erwin klatschte. „Siehst du", sagte der Geist zu dem kleinen Bären, „manchmal muss man einfach seine Phantasie bemühen, dann erreicht man auch sein Ziel." Der Geist nahm die Mütze vom Kopf und ließ die Trillerpfeife in einer Tasche seiner Trainingshose verschwinden. „Seid ihr bereit für die nächste Aufgabe?", fragte er, „dann tretet einen Schritt vor und schreitet durch die siebte Pforte."

7 Die hässliche Helga

„Plopp!", machte es, und der kleine Bär und die Schildkröte fanden sich in einer dunklen Nacht wieder. Pechschwarze Wolken rasten über den Himmel und gaben nur gelegentlich den Blick auf einen blutroten Mond frei, der tief über dem Horizont stand. Aus der Ferne hörte man einen Wolf heulen. Vor den beiden Freunden stand ein gewaltiges altes Schloss, dessen Türme und Zinnen sich nur schemenhaft vor dem dunklen Himmel abzeichneten.

„Ui, das ist aber unheimlich", sagte der kleine Bär und fröstelte. „Das nennst du unheimlich?", fragte der Geist, der plötzlich genau so garstig wirkte, wie sich Lorenz Geister immer vorgestellt hatte. „Dann warte mal ab, bis ihr drinnen seid", sagte er – und verschwand.

Lorenz und Erwin traten durch ein rostiges schmiedeeisernes Tor, dessen Flügel windschief in den Angeln hingen. Sie schritten den Gang weiter entlang und standen schließlich vor einer riesigen hölzernen Tür, die offenbar den Eingang zum Schloss darstellte. „Soll ich?", fragte Lorenz mit belegter Stimme. „Wir haben wohl keine andere Wahl", antwortete Erwin. Der kleine Bär betätigte den mächtigen, in Form einer Schlange gegossenen Türklopfer und erschrak über das Geräusch, dass er selbst verursacht hatte. Wenig später hörten sie schlurfende Schritte. Mit einem Ächzen öffnete sich langsam die Tür und gab den Blick frei auf einen spindeldürren alten Mann, der seiner Kleidung nach zu urteilen wohl der Butler war.

„Mein Name ist Bradley", stellte sich der Butler mit der Andeutung einer Verbeugung vor, „Ich habe euch schon erwartet. Doch jetzt kommt schnell herein, draußen ist es sehr gefährlich". Bradley zog die Tür ein Stück weiter auf, so dass der Bär und die Schildkröte hineinschlüpfen konnten. „Drinnen allerdings auch", ergänzte der Butler, als Lorenz und Erwin in einer großen Eingangshalle standen. Fackeln hingen an der Wand und verbreiteten ein lediglich schummeriges Licht. Im hinteren Bereich der Eingangshalle sahen die Freunde auf der linken Seite eine breite steinerne Treppe, die offensichtlich tief ins Innere des Schlosses führte.

Bradley führte Erwin und Lorenz zu drei schweren Ledersesseln, die vor einem prasselnden Kaminfeuer standen. Über dem Kamin hing der Kopf eines mächtigen Wildschweins, den wohl irgendeiner der Ahnen dieses Schlosses einmal geschossen hatte. Durch den flackernden Feuerschein sah das Wildschwein aus, als würde es noch leben. Sie nahmen auf den Ledersesseln Platz.

„Eine Nacht müsst ihr in diesem Schloss verbringen", sagte Bradley mit fisteliger Stimme, um dann donnernd fortzufahren, „aber nehmt euch in Acht, denn Helga Castle birgt ein furchtbares Geheimnis." Die letzte Worte hatte Bradley ihnen entgegengeschleudert wie einen vergifteten Pfeil, und Lorenz war tief in seinem Sessel zusammengesunken. Der Butler kicherte böse. „Und wenn ihr Pech habt", erzählte er in normalem Plauderton weiter, „dann begegnet ihr der hässlichen Helga. Jeder, der sie ansieht, erstarrt sofort zu Stein."

Lorenz rutschte unruhig auf seinem Sessel hin und her. „Wer ist denn die hässliche Helga?", fragte er vorsichtig. „Die hässliche Helga ist ein Geist, der seit über 400 Jahren durch diese Gemäuer schleicht." Bradley deutete mit einer ausschweifenden Armbewegung auf die hinter ihm liegende Eingangshalle und die breite Treppe. „Ich erzähl euch jetzt die ganze Geschichte", nahm er den Faden wieder auf, „aber ich sag euch, euch wird das Blut in den Adern gefrieren. Lord Knickerbocker, Gott habe ihn selig, herrschte im 17. Jahrhundert in diesem Landstrich, und er hatte langsam das Alter erreicht, sich zu verheiraten. Also schickte er seinen Diener – meinen Ur-Ur-Ur-Ur-Ur-Ur-Großvater, wenn ich das kurz einflechten darf – aus, um eine Braut für ihn zu suchen. Doch der Diener war schon alt und sein Augenlicht trübe geworden, daher hatte er entsprechende Schwierigkeiten bei der Auswahl der Braut. An dem Tag, als das Schloss fertig war, das der Lord für sich und seine Gemahlin hatte bauen lassen, kehrte der Diener mit einer Frau zurück. Ihr Antlitz war durch einen Schleier verhüllt. Die Hochzeit fand noch am selben Tage statt. Doch als der Lord den Schleier der Braut lüftete, um diese zu küssen, stellte er fest, dass sie hässlich war wie die Nacht. Die Braut hieß Helga. Der arme Lord war angesichts der Hässlichkeit seiner Frau so betrübt, dass er sich von einer Zinne in die Tiefe stürzte. Helga starb wenige Tage später – man sagt mein Ur-Ur-Ur-Ur-Ur-Ur-Großvater habe ein wenig nachgeholfen – und wandelt seitdem in diesem Schloss als Geist umher."

Der Butler gähnte und sah auf eine Standuhr, die in einer Ecke der Empfangshalle stand. „Es ist spät geworden", sagte er schließlich, „ich möchte euch nun euer Zimmer zeigen. Wenn ihr mir bitte folgen würdet."

Bradley erhob sich aus seinem Sessel, zog eine der Fackeln von der Wand und ging auf die Treppe zu. Dabei kicherte er schon wieder irre. Erwin und Lorenz folgten ihm widerwillig.

Sie stiegen Treppen hoch und wieder herunter, bogen links und rechts in schmale Gänge ab. Dieses Schloss war ein noch schlimmerer Irrgarten als die Bücherei. Schließlich gelangten sie an eine Tür. Bradley zog ein Schlüsselbund hervor und schloss die Tür auf. Erwin und Lorenz betraten einen Raum, in dem ein großes Himmelbett stand. Auf dem Baldachin lag eine dicke Staubschicht. An einer Wand des Raumes stand eine Kommode, auf der in einem siebenarmigen Leuchter Kerzen brannten. „Angenehme Nachtruhe", sagte der Butler, drehte sich kichernd um und schloss hinter sich die Tür.

„Auweia", sagte der kleine Bäre, „hoffentlich kommt die hässliche Helga nicht, um uns zu versteinern." „Am besten, wir legen uns erst mal hin", sagte Erwin, „dann werden wir ja sehen, was passiert. Ich bin sowieso ziemlich müde." „Wie kannst du jetzt schlafen, wo jeden Moment die hässliche Helga hier auftauchen kann?", fragte Lorenz entsetzt. Doch da war von der Schildkröte nur noch ein Schnarchen zu hören.

Der kleine Bär lag unter der Bettdecke und versuchte, sich nicht zu rühren. Vielleicht merkte die hässliche Helga gar nicht, dass Besuch im Haus war.

Plötzlich jedoch zog ein eiskalter Hauch durch den Raum. Lorenz stieß mit dem Ellenbogen Erwin an, um ihn zu wecken, und kniff die Augen so fest zu, wie er nur konnte. Dann hörte er eine leise Stimme. „Hallo", sagte die Stimme, „mein Name ist Helga. Und ihr müsst mich nur anschauen, um mich nach über 400 Jahren endlich von meinem Fluch zu befreien. Wenn ihr es nicht tut, werdet ihr nie wieder aus diesem Schloss herauskommen. Das ist nämlich ein Teil des Fluchs." „Aber dann werden wir zu Stein", entgegnete Lorenz, „das hat uns der alte Butler erzählt". „Er hat euch belogen", entgegnete Helga, „ich verspreche euch, dass euch nichts passieren wird."

„Oh je, was machen wir jetzt bloß?", jammerte der kleine Bär. Erwin war inzwischen aufgewacht, hatte die Augen allerdings ebenfalls geschlossen gehalten. „Für meinen Geschmack klingt Helga deutlich vertrauenerweckender als der alte Butler", meinte Erwin, „ich schlage vor, dass wir die Augen öffnen. Vertrau mir, kleiner Bär! Ich zähle bis drei, und dann sehen wir Helga an". Erwin begann zu zählen: eins, zwei – der kleine Bär nahm all seinen Mut zusammen – drei! Dann öffnete er die Augen.

Vor ihnen stand eine wunderschöne Frau, die zunächst nur schemenhaft zu erkennen war, sich dann aber immer mehr zu einem Menschen materialisierte. „Danke, dass ihr mich von dem Fluch befreit habt", sagte Helga. Dann holte sie zu einer langen Erklärung aus. Lorenz und Erwin erfuhren, dass Lord Knickerbocker dazu geneigt hatte, zu tief ins Glas zu schauen. In der Hochzeitsnacht war er betrunken in die Tiefe gestürzt, als er von einer Zinne... „Nun ja", sagte Helga, „als er seine Blase erleichtern wollte. Am nächsten Morgen hat mir der Butler Gift in den Tee gekippt, um alleine auf Helga Castle leben zu können. Und dann hat er auch noch diesen Fluch über mich ausgesprochen." Helga hatte sich richtiggehend in Rage geredet. „Ich werde euch jetzt den Ausgang zeigen, und dann kann dieser Bradley etwas erleben!", schnaubte sie.

Kurze Zeit später hatten sie sich von Helga verabschiedet und das Schloss verlassen. Sie hörten nur noch, wie im Inneren etwas zu Bruch ging, dann entdeckten sie den Flaschengeist, der am Ende des Weges bereits auf sie wartete. „Uiuiui", sagte der Geist, „Helga scheint ganz schön sauer auf diesen durchtriebenen Butler zu sein." „Kein Wunder", entgegnete Lorenz, „das wäre ich auch, wenn ich 400 Jahre in diesem alten Schloss herumspuken müsste."

„400 Jahre?", wunderte sich der Geist, „meine Güte, wie schnell doch die Zeit vergeht. Ich hätten schwören können, dass das Ableben des guten Lord Knickerbocker erst ein paar Wochen her ist. Na ja, wie auch immer, ihr habt die Aufgabe gemeistert und viel Mut bewiesen. Seid ihr bereit für die nächste Prüfung?" Erwin und Lorenz nickten. „Dann tretet einen Schritt vor", sagte der Geist, „und schreitet durch die achte Pforte."

8 Der Bruchpilot

„Plopp!", macht es, und der kleine Bär und die Schildkröte fanden sich auf einer Art Flugplatz wieder. Sie sahen Landebahnen, einen kleinen Tower und seltsam flache Gebäude, die wohl die Hangars darstellten. Erwin bemerkte, dass die Gebäude von Palmen gesäumt waren, außerdem war es sehr heiß. Offenbar hatte es die Freunde in die Heimat des Flaschengeistes verschlagen – in den Orient.

Der Flaschengeist trug eine Fliegermütze und eine Pilotenbrille. „Neigt ihr zur Luftkrankheit?", fragte er. „Allerdings", sagte Erwin. „Ich bin noch nie geflogen", entgegnete der Bär. Eine Weile passierte gar nichts. „Was sollen wir hier?", fragte Lorenz schließlich. „Abwarten", sagte der Flaschengeist und hatte plötzlich zwei Kellen in der Hand, wie sie auf Flughäfen benutzt werden, um die Maschinen auf die richtige Position zu winken. Plötzlich sahen sie, dass aus der Ferne ein seltsames Gebilde angeflogen kam. „Ah, da ist er ja", sagte der Flaschengeist, positionierte sich an der Landebahn und begann mit den Kellen in der Luft herumzufuchteln.

Bei dem Gebilde handelte es sich um einen fliegenden Teppich. Er beschrieb eine Kurve, segelte haarscharf an der Spitze des Towers entlang, verlor immer mehr an Höhe und versuchte auf der Landebahn aufzusetzen. Offenbar hatte sich der Teppich jedoch mit der Geschwindigkeit verschätzt. Beim ersten Bodenkontakt schlug der Teppich plötzlich Falten, sein Heck flog von dem Schub wieder in die Luft, er legte drei Purzelbäume hin und landete schließlich inmitten einer Staubwolke genau vor den Füßen der beiden Freunde. „Darf ich vorstellen?", sagte der Flaschengeist, „das ist Bernd, auch als Bernd der Bruchpilot bekannt." „Ich glaube, ich habe eine Vorstellung davon, woher der Beiname rührt", kommentierte Erwin die Szene, „und ich weiß ganz genau, dass ich nicht auf diesen Teppich steigen werde."

Der Flaschengeist überhörte den Einwurf der Schildkröte einfach. „Das ist nämlich so", sagte der Geist, „wir befinden uns hier in einer Flugschule für Teppiche und... na ja, wie soll ich sagen?... also, Bernd, das ist... äh, ich will's mal so ausdrücken: Bernd ist ein wenig unser Sorgenkind. Er ist schon

dreimal durch die Abschlussprüfung gefallen. Er hat immer dann Schwierigkeiten, wenn er Passagiere befördern soll. Und, ehrlich gesagt, wir finden allmählich keine Freiwilligen mehr, und deshalb..."

„Moment mal", schaltete sich Erwin ein, „was ist denn mit den bisherigen Passagieren passiert?" „Äh... also, wie gesagt", antwortete der Flaschengeist schnell, „wir haben ein wenig Mühe, Freiwillige zu finden. Und deshalb besteht eure nächste Aufgabe darin, mit Bernd einen schönen Rundflug über die Wüste zu unternehmen."

„Niemals", wehrte sich die Schildkröte, „mit dem steige ich ganz sicher nicht in die Luft." Der Teppich hatte die ganze Zeit kein Wort gesagt. „Ehrlich", meinte er nun, „ich fliege auch ganz vorsichtig. Ihr habt's doch gesehen, die Landung klappt schon ganz gut." „Ganz gut???", entfuhr es der Schildkröte, „das nennst du gut??" Der kleine Bär beugte sich zu Erwin herunter und flüsterte ihm etwas ins Ohr: „Hör mal, es wird schon gut gehen. Notfalls reden wir uns wieder darauf heraus, dass alles nur ein Gebilde unserer Phantasie ist." Die Schildkröte war nicht wirklich beruhigt. „Also gut", sagte sie aber immerhin, „wir haben ja sowieso keine andere Wahl."

„Das ist die richtige Einstellung", sagte der Flaschengeist. Er schnippte mit dem Finger und hatte plötzlich zwei Bordkarten in der Hand. „Hier sind eure Bordkarten und, ach ja, während des Fluges ist das Rauchen einzustellen." Dann war er verschwunden.

„Sehr witzig", maulte die Schildkröte und bestieg widerwillig den Teppich, auf dem der kleine Bär schon Platz genommen hatte. Sie hörten ein Knistern. „Bernd an Tower, Bernd an Tower", sprach der Teppich in ein unsichtbares Funkgerät, „erbitte Freigabe für Start Nummer 74487." Es knisterte wieder. „Starterlaubnis erteilt", hörten sie die Stimme der Flugüberwachung. Der Mann im Tower war offensichtlich ein Witzbold, denn er genehmigte sich noch einen kleinen Nachsatz: „Zieht den Kopf ein, Leute", hallte seine Stimme über den Flugplatz, „Bernd ist an der Reihe!"

Der Teppich erhob sich in die Luft, beschrieb eine verunglückte Kurve, nahm Tempo auf und raste erneut genau auf den Tower zu. „Hochziehen!", schrie die Schildkröte. Der kleine Bär zog instinktiv am Heck des Teppichs, und Bernd stieg tatsächlich in die Höhe und sauste haarscharf über den Turm. „Hä?", sagte Lorenz, „war ich das?" Bernd sagte kein Wort, und Erwin hatte genug damit zu tun, sich festzuklammern, als der Teppich immer höher stieg. Die Landschaft unter ihnen nahm Miniaturgröße an. „Das macht Spaß, was?", brüllte Bernd gegen den Fahrtwind an. „Oh ja, gewaltig", entgegnete Erwin voller Sarkasmus. Wenn so etwas bei Schildkröten möglich gewesen wäre, hätte er mit Sicherheit Schweißperlen auf der Stirn gehabt.

Immer weiter entfernten sie sich von dem kleinen Flugplatz. Unter ihnen war längst nichts als Wüste zu sehen. Am Horizont deuteten sich schließlich einige Palmen an. Offenbar flog Bernd auf eine Oase zu. Die Palmen wurden größer und größer. Der Teppich hielt genau auf einen der Bäume zu. Noch 50 Meter, noch 30 Meter, noch 10 Meter, noch... „Links!", schrie Erwin. Lorenz zog an der linken Seite des Teppichs, und sie flogen tatsächlich links an der Palme vorbei. „Es funktioniert!", rief der kleine Bär, „Bernd lässt sich lenken!" „Dann lenk ihn zurück!", brüllte Erwin, der inzwischen reichlich grün im Gesicht geworden war.

Der kleine Bär zog erneut an Bernd, bis der Teppich eine Kurve geflogen war und sich wieder auf Heimatkurs befand. Kurze Zeit später tauchten die Flughafengebäude vor ihnen auf. „Jetzt kommt das Schwierigste", sagte Bernd kleinlaut, „die Landung. Oh, hoffentlich klappt es." „Dieser Hoffnung können wir uns nur anschließen", entgegnete Erwin mürrisch.

Das Spiel mit dem Tower wiederholte sich zum dritten Mal. Ohne Lorenz' Hilfe hätte Bernd ihn glatt gerammt. Der Teppich hatte ganz offensichtlich ein Problem damit, Höhen und Abstände einzuschätzen. „Ich muss euch noch etwas sagen", meinte Bernd, als der Tower überstanden war, „bei der Landung dürft ihr mir nicht helfen. Sonst bin ich sofort durchgefallen". „Auch das noch", bemerkte die Schildkröte, „nur gut, dass ich einen Panzer habe."

Der Teppich visierte die Landebahn an, sank immer tiefer, nahm Tempo weg und legte eine Landung wie aus dem Bilderbuch hin. Dann brachen er und der Flaschengeist, der aus dem Nichts plötzlich aufgetaucht war und noch immer seine Fliegermütze trug, in schallendes Gelächter aus. „Oh, wie köstlich", freute sich der Geist, „ihr seid voll drauf reingefallen. Herrlich, wirklich herrlich. Bernd ist in Wirklichkeit nämlich einer der besten fliegenden Teppiche weit und breit. Wir wollten nur mal sehen, ob ihr darauf kommt, dass man ihn auch lenken kann."

„Oh, wirklich sehr, sehr witzig." Erwin warf dem Flaschengeist einen bitterbösen Blick zu. „Ja, finde ich auch. Zum Schießen, nicht wahr?", kicherte der Geist, „na ja, auf jeden Fall habt ihr die Aufgabe geschafft. Oder besser gesagt: Der kleine Bär hat sie geschafft." Jetzt war Erwin erst recht beleidigt.

„Seid ihr bereit für die nächste Prüfung?", fragte der Geist. „Wenn's sein muss", entgegnete die Schildkröte, während Lorenz begeistert in die Hände klatschte und einen kleinen Freudentanz aufführte. „Dann tretet einen Schritt vor", sagte der Flaschengeist, „und schreitet durch die neunte Pforte."

9 Der Streit der Bilder

„Plopp!", machte es. Es roch ähnlich und war auch genau so still wie kürzlich in der Bücherei. Der kleine Bär und die Schildkröte sahen sich um. Sie waren in einem Museum gelandet. „Ah, bon jour, meine Freunde", sagte der Flaschengeist. Er hatte eine Baskenmütze auf dem Kopf, trug einen mit Farbe bekleckerten Kittel und fuchtelte mit einem Pinsel vor Lorenz und Erwin herum. „Willkommen in der Welt der schönen Künste." Albernerweise sprach der Flaschengeist mit einem französischen Akzent, wie Erwin bemerkte. Was sollte das nun wieder? Reichte es nicht, sie einfach in ein Museum zu verfrachten?

„Bitte folgt mir", sagte der Geist, „in diesem Museum gibt es ein großes Problem. Die schönsten Bilder der Welt hängen hier. Und doch kommen keine Besucher. Ihr werdet gleich sehen, warum." Sie folgten dem Flaschengeist durch die Gänge des Museums. Erwin, der einige Jahre an einer Kunstakademie für Schildkröten verbrachte hatte und selber ebenfalls ein wenig malte, stellte fest, dass es sich um eine exquisite Sammlung handelte, die an den Wänden dieses Museums hing.

Sie kamen an eine Tür, auf der die Aufschrift „Klassiker" stand. Doch seltsamerweise war diese Tür geschlossen. Der Geist kramte einen Schlüssel aus seiner Kitteltasche hervor, steckte ihn in das Türschloss und drehte ihn dreimal herum. „Nicht umsonst ist diese Tür so gut gesichert", sagte er geheimnisvoll. „Achtung, haltet euch besser die Ohren zu." Der Geist stieß die Tür auf, und schon begann das Gekeife. „Seit Hunderten von Jahren stehst du da herum und glotzt die Leute an. Hast du nichts besseres zu tun?", fauchte die Frau. Das wollte der Mann nicht auf sich sitzen lassen: „Du hast es gerade nötig mit deinem dämlichen Grinsen. Kannst du mir vielleicht sagen, wo das her kommt? Gib's doch endlich zu, da ist doch was gelaufen mit diesem Leonardo!"

Erwin und Lorenz erblickten die „Mona Lisa" und den „Mann mit dem Goldhelm". Und die beiden berühmten Bilder stritten sich fürchterlich. „Es ist zum heulen", sagte der Flaschengeist, „zwei der berühmtesten Bilder der Welt, und sie streiten sich den ganzen Tag lang. Nicht mal nachts hört das Gezeter auf. Ich will euch mal etwas verraten." Der Geist beugte sich zu Erwin und Lorenz herunter und verfiel in einen Flüsterton. „Mona Lisa ist eine ziemliche Zicke. Die lässt wirklich nicht ein gutes Haar an dem Mann mit dem Goldhelm." Lorenz verstand nicht ein Wort. Er kannte weder die Mona Lisa noch den Mann mit dem Goldhelm, und bisher hatte er auch noch nicht gewusst, dass sich Bilder streiten können. Erwin jedoch schien aufs Höchste beeindruckt. „Faszinierend", sagte er immer wieder, „erstaunlich, der Mann mit dem Goldhelm und die Mona Lisa, und sie streiten sich, faszinierend, was für eine bahnbrechende Entdeckung für die Kunstwelt. Damit könnte ich berühmt werden, wenn ich nur..."

Der Flaschengeist unterbrach ihn. „Äh..., Entschuldigung, wenn ich kurz stören und euch eure Aufgabe erklären dürfte?" Erwin stoppte seinen Redefluss. „Oh, ja, natürlich", sagte er. „Also", fuhr der Geist fort, „wie ihr seht, sind die beiden Bilder hoffnungslos zerstritten. Eure Aufgabe ist es, den Streit zu schlichten, damit endlich wieder Besucher Lust haben, in dieses Museum zu kommen. Viel Spaß." Dann war der Geist verschwunden.

Mona Lisa und der Mann mit dem Goldhelm hatten die ganze Zeit über munter weitergestritten. „Sieh dich doch mal an", meckerte die Dame mit dem Grinsen, „wie du überhaupt herumläufst. Dieser Helm, meine Güte! Nennst du das Gold? Gold glänzt. Aber das stumpfe Ding, das du da auf dem Kopf hast, sieht eher aus wie ein Blecheimer. Weißt du, was du machen müsstest? Putzen müsstest du, putzen!" Prompt konterte der Mann mit dem Goldhelm. „Oh, ich kann es nicht mehr hören. Jeden Tag die gleiche Leier. Wisch die Barthaare aus dem Waschbecken. Geh Staub saugen. Putz die Fenster, tu dies, tu das. Und was machst du? Stehst da faul herum und krümmst keinen Finger. Immer nur grinsen, grinsen, grinsen. Hast du eine Ahnung, wie lange du kein Essen mehr gekocht hast? Mir hängt der Magen in den Kniekehlen! Ich hab' Kohldampf! Aber nein, die Dame ist sich ja zu fein, um sich mal an den Herd zu stellen. Hast du für Leonardo auch nie gekocht?" „Ach nee, jetzt fängt er mit der Nummer wieder an. Ich hab's dir tausend Mal gesagt, da war nichts mit Leonardo. Oh, wenn ich rüberkommen könnte, ich würde dir diesen affigen Helm glatt übers Gesicht stülpen, du Faulpelz!"

„Ich kenn' die beiden zwar nicht. Aber sie haben ein Problem", bemerkte Lorenz. „Das sind die Mona Lisa und der Mann mit dem Goldhelm", entgegnete Erwin, „und ich hab' eine Idee, wie wir ihr Problem lösen können. Los, such nach Farbe und Pinsel!" In einer Ecke des Raumes stand ein uralte Truhe. „Vielleicht ist etwas in der Truhe", sagte der kleine Bär, „Ich seh' mal nach". Mit einem Quietschen öffnete er den schweren Deckel der Kommode. „Hier", sagte er, „ein Farbkasten und ein ganzes Sortiment Pinsel."

Während Mona Lisa weiterhin über Barthaare im Waschbecken und den schmuddeligen Helm zeterte und der Mann mit dem Goldhelm mit seinem Kohldampf konterte, machte sich Erwin unverzüglich an die Arbeit. Zuerst nahm er sich die „Mona Lisa" vor und malte in eine Ecke des Bildes einen Herd, Töpfe, Pfannen und einige Zutaten, aus denen sich ein Mittagessen zubereiten ließ. Dann kam der „Mann mit dem Goldhelm" an die Reihe. Erwin ergänzte das Bild um Putzutensilien wie Lappen, Besen und Scheuermittel. Erwin trat einige Schritte von den Bildern zurück. „Moment, eine Kleinigkeit fehlt noch", sagte er. In den „Mann mit dem Goldhelm" malte er eine kleine Tube mit Goldpolitur. „So", sagte Erwin, „ich hatte schon immer den Eindruck, dass auf den beiden Bildern etwas fehlte. Ob ich vielleicht…? Ach, was soll's. Ehre, wem Ehre gebührt." Er trat erneut an die Bilder und versah sie in den Ecken jeweils mit einer kleinen Signatur. „Erwin" stand nun unter der „Mona Lisa" und dem „Mann mit dem Goldhelm".

Während Erwin mit dem Malen beschäftigt war, hatten ihn die beiden Bilder interessiert beobachtet und dabei sogar ihren Streit vergessen. „Schatz, Essen ist fertig!", flötete die Mona Lisa nun honigsüß. „Einen Moment noch, Täubchen", antwortete der Mann mit dem Goldhelm, „ich muss nur kurz meinen Helm polieren. Nach dem Essen nehm' ich mir die Fenster vor."

„Ich glaube, wir haben es geschafft", sagte Erwin voller Stolz. Da erschien auch schon der Flaschengeist. „Oh, prima", scharwenzelte er um die Schildkröte herum, „sie streiten nicht mehr. Ihr habt die Aufgabe mit Bravour gemeistert." Die Schildkröte schien einige Zentimeter zu wachsen angesichts dieses Kompliments. „Eine meiner leichtesten Übungen", entgegnete sie.

„Nun gut", sagte der Geist, „seid ihr bereit für die nächste Prüfung?" Erwin und Lorenz nickten in gewohnter Manier. „Dann tretet einen Schritt vor und schreitet durch die zehnte Pforte."

10 Der müde Mike

"Plopp!", machte es, und die Luft war fast so staubig, wie kürzlich in der Wüste. Wind trieb trockene Grasbüschel über die Straße. Irgendwo wieherte ein Pferd. "Hi, Boys", sagte der Flaschengeist, und diesmal hatte er einen breiten amerikanischen Akzent angenommen. Der Flaschengeist trug einen Cowboyhut und eine Weste. Auf seiner Brust prangte ein Stern mit der Aufschrift "Sheriff". Er ließ einen Revolver an seinem Finger rotieren. Erwin wollte schon in Deckung gehen. "Keine Angst", sagte der Geist und lehnte sich lässig an die Wand eines Saloons, der sich urplötzlich hinter ihm materialisiert hatte, "sind nur Platzpatronen drin."

Der Geist stieß die Saloontür auf. "Willkommen im Wilden Westen", sagte er, "folgt mir." Erwin und Lorenz betraten den Saloon. Am Tresen standen einige finstere Gestalten. Den beiden Freunden fiel besonders ein Cowboy auf, der ganz in Schwarz gekleidet war. "Vor dem nehmt ihr euch besser in acht", flüsterte der Flaschengeist und steuerte auf einen Tisch zu, "das ist Rudi, der Revolverheld." Die drei setzen sich. "Eine Runde, Tom", rief der Geist zum Tresen, wo ein Barkeeper damit beschäftigt war, Gläser mit Whiskey zu füllen. "Kommt sofort, Piet", rief der Geist zurück. Piet? Erwin und Lorenz warfen sich einen fragenden Blick zu.

"Also, Jungs", begann der Flaschengeist, nachdem ihnen Tom drei Gläser auf den Tisch gestellt und sich erkundigt hatte, wer denn die beiden Greenhorns sind, "worum es geht, ist folgendes: Wie ihr wisst, wird im Wilden Westen die Post mit Kutschen ausgetragen, den so genannten Postkutschen. Unser Kutscher ist Mike, er sitzt da vorne." Der Flaschengeist deutete auf einen Tisch, an dem ein Mann saß und tief und fest schlief. "Er wird auch als der müde Mike bezeichnet", fuhr der Flaschengeist fort. "Ich ahnte, dass die Geschichte einen Haken hat", bemerkte Erwin. "Ganz genau", sagte der Flaschengeist, "Mike schläft unterwegs ständig ein. Das hat zur Folge, dass die Post entweder mit Tagen Verspätung oder gar nicht ankommt. Die Rancher draußen in der Prärie werden allmählich sauer. Da muss dringend etwas passieren. Und weil ihr euch bei den letzten Prüfungen als richtig gute Problemlöser erwiesen habt, dachte ich, dass ihr euch hier vielleicht auch etwas einfallen lassen könnt. Ich werde Mike jetzt wecken, und dann geht es los."

Der Geist stand auf, ging zu dem Tisch, an dem Mike saß, beugte sich herunter zu dessen Ohr und brüllte in voller Lautstärke: „Mike, aufstehen!!!" Mike hob seinen Kopf langsam von der Tischplatte und gähnte erst mal herzhaft. „Was ist denn nun schon wieder los?", fragte er schläfrig, „kann man hier nicht einmal in aller Ruhe ein Schläfchen machen?"

Der Geist winkte die beiden Freunde zu sich und wandte sich dann wieder an Mike. „Nicht jetzt, Mike", sagte er, „es wird Zeit für die nächste Tour. Ach, du hast übrigens diesmal zwei Passagiere. Ich möchte dir zwei Freunde von mir vorstellen: Erwin und Lorenz." „Tach Leute", sagte Mike und erhob kurz die Hand zum Gruß. Dann sackte sein Kopf wieder auf die Tischplatte. Der Flaschengeist rüttelte an seiner Schulter. „Schluss jetzt, Mike, steh endlich auf. Kraft meines Amtes als Sheriff von Ghost-Town fordere ich dich auf, endlich deine Tour anzutreten." Mike erhob sich ohne jede Hektik. „Ist ja schon gut", sagte er und reckte sich, „mach doch nicht gleich solch eine Hektik."

Sie verließen den Saloon, vor dem bereits die Postkutsche mit zwei klapprigen Pferden wartete. Offenbar waren sie genau so müde wie ihr Kutscher. „Steigt schon mal ein", sagte Mike, „ich komme sofort". Lorenz und Erwin kletterten in die Postkutsche und beobachteten durch das kleine Fenster, wie Mike sich an die Saloonwand lehnte und schon wieder einschlief. Der Flaschengeist baute sich vor ihm auf. „Mike!!!" Der Kutscher erwachte und gähnte. „Ja doch", sagte er. „Los jetzt", befahl der Geist, „wenn das so weiter geht, wirst du noch geteert und gefedert, das sag ich dir."

Mike stieg auf den Kutschbock, nahm die Zügel in die Hand und schnalzte mit der Zunge. Langsam setzten sich die Pferde in Bewegung. „Gute Fahrt", rief der Geist Erwin und Lorenz nach, die ihre Köpfe aus dem Fenster gesteckt hatten. Dann war er verschwunden.

Die Freunde ließen die Stadt hinter sich. Jetzt umgab sie nur noch einsame, staubige Prärie. Die Fahrt hatte gerade eine knappe halbe Stunde gedauert, als Erwin und Lorenz bemerkten, dass sie langsamer wurden. Schließlich stand die Kutsche. „Da stimmt doch etwas nicht", sagte die Schildkröte zu dem kleinen Bären, „los, sieh mal nach." Erwin öffnete die Tür der Kutsche und kletterte ins Freie. Mike saß auf seinem Kutschbock und schnarchte. „Der pennt schon wieder", rief Lorenz. „Dann weck ihn", rief Erwin zurück. Der

kleine Bär rüttelte vorsichtig an Mikes Bein. „Aufwachen, Herr Kutscher", sagte er. Nichts geschah. Lorenz rüttelte kräftiger. „Aufwachen, Herr Kutscher!" Diesmal hatte er lauter gerufen. Und endlich erwachte Mike aus seinem Schlummer. „Was? Wer? Wie spät ist es?", fragte er verwirrt. „*Zu* spät", antwortete Erwin, der inzwischen ebenfalls aus der Kutsche geklettert war, „wir müssen weiter, die Rancher warten auf ihre Post". „Ach so, ja", gähnte Mike und nahm die Zügel wieder in die Hand. Die Fahrt ging weiter.

Aber nicht lange. Sie waren vielleicht zwei Kilometer gefahren, da wiederholte sich das Spiel. Erneut kletterten Erwin und Lorenz aus der Kutsche und weckten Mike. Erneut setzte sich die Kutsche in Bewegung und fuhr weiter. Doch auch diesmal dauerte die Fahrt nur wenige Kilometer. Als sie an einem großen Berg angekommen waren, der in der langsam untergehenden Sonne rot zu glühen schien, hatte Mike die Fahrt nicht weniger als elf Mal unterbrochen, weil er eingenickt war. „So geht es nicht weiter", sagte Erwin, wir müssen uns etwas einfallen lassen.

Die beiden Freunde begannen, das Innere der Kutsche nach Utensilien zu durchsuchen, aus denen sie eine Weckvorrichtung bauen konnten. Sie fanden einen rostigen Blecheimer, Schnüre und mehre Feldflaschen, die mit Wasser gefüllt waren. „Jetzt weiß ich, was wir machen", sagte Erwin, als Mike wieder einmal eingeschlafen war und zusammengesunken über dem Kutschbock hing, „der schläft jetzt noch einmal ein, und dann so schnell nicht wieder."

Erwin und Lorenz bestiegen den Kutschbock, drückten Mikes Oberkörper vorsichtig nach hinten, so dass er eine aufrechte Position einnahm. Dann füllten sie den Eimer bis fast zum Rand mit Wasser, stellten ihn genau über Mikes Kopf auf die Kutsche, verbanden das eine Ende der Schnur mit dem Eimer und knoteten das andere an einem der Knöpfe von Mikes Lederweste fest. Dann weckten sie ihn vorsichtig. „Ob wir wohl weiter fahren könnten, Herr Kutscher?", fragte Erwin freundlich. „Ja, ja, schon okay", antwortete Mike müde. Die Kutsche setzte sich wieder in Bewegung.

Nach einem knappen Kilometer passierte genau das, was Erwin sich erhofft hatte. Mike schlief wieder ein, sein Oberkörper sackte nach vorne, riss den Eimer mit, und das Wasser ergoss sich genau über seinen Kopf. „Ahhh!", schrie er, „verfluchte Sauerei, was ist jetzt denn los?" Erwin und Lorenz steckten ihre Köpfe aus dem Fenster und flöteten wie aus einem Munde: „Guten Morgen, sollen wir vielleicht noch mal nachfüllen?"

„Nein, nein", beeilte sich Mike zu sagen, „ich bin hellwach." Die kalte Dusche schien tatsächlich Wunder gewirkt zu haben, und sie hatte augenscheinlich sogar auf die Pferde eine Wirkung ausgeübt. Sie liefen plötzlich viel schneller. Nun ging es richtig zügig voran, und ohne einen weiteren Zwischenfall erreichten sie die Ranch.

„Schade, dass wir keine Indianer gesehen haben", meinte Lorenz, als sie angekommen waren und der Flaschengeist sie begrüßte. „Eins verstehe ich nicht", sagte Erwein leise zu seinem Freund, „wenn der Flaschengeist sowieso schneller hier ist als die Kutsche, warum kann er dann nicht selber die Post mitnehmen?" Der Geist hatte die Frage gehört, obwohl sie eigentlich nur für Lorenz bestimmt gewesen war. „Hör mal", sagte er entrüstet, „ich bin der Sheriff. Da trag ich doch nicht die Post aus!" In wesentlich freundlicherem Ton fuhr er fort: „Aber das ist ja auch gar nicht mehr nötig. Ich glaube, Mike wird künftig nicht mehr einschlafen. Und wenn doch, dann wissen wir ja nun, wie wir ihn wach halten können. Mit anderen Worten: Ihr habt auch dieses Problem gelöst." Lorenz und Erwin blickten zu Mike herüber, der gerade damit beschäftigt war, sich mit einem Handtuch abzutrocknen. Er grinste zu den beiden herüber.

„Seid ihr bereit für die nächste Prüfung?", fragte der Geist schließlich. Sie waren bereit. „Dann tretet einen Schritt vor", sagte er, „und schreitet durch die elfte Pforte."

11 Tratsch im Hühnerstall

"Plopp!", machte es, und der kleine Bär und die Schildkröte nahmen einen scharfen Geruch wahr. "Puh", sagte Lorenz und rümpfte die Nase. "Stell dich nicht so an", entgegnete Erwin, "wir sind auf einem Bauernhof". Der Geist trug eine Latzhose und ein kariertes Flanellhemd. "Genau", sagte er, "und moin erst mal."

Erwin und Lorenz sahen sich um. Es schien ein schöner Hof zu sein. Das Haus war im alten Friesenstil gebaut und hatte eine große grüne Tür, die wohl in den Stall führte. Rund um das von hohen Bäumen eingefriedete Gebäude erstreckten sich saftige grüne Wiesen, auf denen friedlich Kühe grasten. "Da hinten grasen die Kühe", sagte der Geist und lehnte sich an ein Gatter. "Tatsächlich", entgegnete Erwin. Als wenn sie nicht selber Augen im Kopf hätten.

"Wegen der Kühe sind wir aber nicht hier", meinte der Geist, während sich die große grüne Tür öffnete und ein Bauer aus dem Haus trat. "Ah", sagte der Geist, "da kommt er ja schon". Der Bauer trat an die Freunde heran und stellte sich vor. "Moin", sagte er, "ich bin Bauer Harms. Wo geiht?" "Gut", antworteten Erwin und Lorenz. Sie verstanden beide ein bisschen Plattdeutsch. "Also", sagte der Geist, "Bauer Harms hat einen großen Hühnerstall. Und ihr sollt für ihn ein paar Eier einsammeln." "Mehr nicht?", fragte Lorenz entgeistert, "das ist ja einfach." Der Geist verzog das Gesicht. "Hm, ganz so einfach auch wieder nicht. Wartet's ab", entgegnete er. Dann verschwand er vor den Augen der beiden Freunde.

Der Bauer stapfte los. Weil Erwin und Lorenz nicht wussten, was sie sonst tun sollten, trotteten sie einfach hinter ihm her. Sie gingen durch einen prächtigen Obstgarten zur Hinterseite des Hauses. Dort stand der Hühnerstall. Bauer Harms sperrte die Tür auf, drehte sich um, sagte "tschüß auch" und schlurfte wieder in Richtung Haus. Übertrieben gesprächig schien er nicht zu sein.

"Komischer Kauz", meinte Lorenz, als Bauer Harms außer Hörweite war. "Ein bisschen mundfaul", bestätigte Erwin, "na ja, dann lass uns mal sehen, was da drinnen los ist". Sie betraten den schummerig beleuchteten Stall, in

dem die Hühner auf ihren Eiern saßen oder damit beschäftigt waren, auf dem Boden nach Körnern zu picken. Gleich neben dem Eingang stand ein Korb. „Den können wir nehmen, um die Eier zu sammeln", sagte Lorenz. Dann begannen sie mit ihrer Arbeit.

Lorenz wollte gerade ein Huhn vorsichtig zur Seite schieben, um an ein Ei heranzukommen. „Muss das sein?", fragte das Huhn. Der kleine Bär erschrak dermaßen, dass er fast das Ei fallen gelassen hätten. „Sprechende Hühner", sagte er, „das ist ja drollig." „Er nennt uns drollig", antwortete ein anderes Huhn. „Typisch", entgegnete ein drittes, „na ja, der Bär soll ja auch nicht besonders helle sein, wie man hört, und zudem reichlich naiv." Ein viertes Huhn mischte sich ein. „Hab ich auch schon gehört. Ganz im Vertrauen: Das hat mir die alte Schildkröte erzählt." „Ja, mir hat sie's auch erzählt", beteiligte sich Huhn Nummer 5 an der Diskussion.

Der kleine Bär fuhr herum. „Stimmt das etwa, Erwin?", fragte er entrüstet, „hast du zu den Hühnern gesagt, ich sei naiv und nicht sehr helle?" „Blödsinn", antwortete Lorenz, „ich kenne die Hühner doch gar nicht." Jetzt meldete sich das erste Huhn wieder zu Wort. „Ja, ja, er kennt uns nicht", sagte es verschwörerisch, „na ja, so eine alte Schildkröte kann schon mal was vergessen." „Hatte der kleine Bär uns nicht schon davor gewarnt, dass die Schildkröte so vergesslich sei?", wandte sich Huhn Nummer 2 an Huhn Nummer 4. „Richtig", antwortete das vierte Huhn, „das hat er wohl gesagt. Und langsam soll die Schildkröte auch sein. Oh, könnt ihr euch noch an die schöne Geschichte erinnern, die uns der Bär mal über die Schildkröte erzählt hat? Meine

Güte, das war wirklich ein Musterbeispiel von Langsamkeit." Der gesamte Hühnerstall gackerte vor Lachen.

Jetzt war es an Erwin, entrüstet zu sein. „Ach, so ist das also", sagte er und drehte sich wütend zu dem kleinen Bären um. Die Eier hatten sie längst vergessen. „Du hast mich also vor den Hühnern als langsam und vergesslich bezeichnet. Na, dann weiß ich ja, woran ich bin." Erwin drehte sich beleidigt wieder um. Prompt fuhr der kleine Bär auf. „Hab ich nicht! Ich habe diese Hühner noch nie zuvor in meinem Leben gesehen!", sagte er, und einzig die gedämpfte Atmosphäre des Hühnerstalls hielt ihn davon ab, laut zu werden. „Seht ihr", sagte eines der Hühner, „da haben wir's. Aufbrausend und ungeduldig soll der kleine Bär nämlich auch sein, wie gewisse Personen behaupten. Ich will ja niemanden schief ansehen, aber…" Das Huhn blickte angestrengt in die Richtung der Schildkröte. Lorenz' Gesicht lief rot an vor Wut. „Du hast also…", begann er zu schimpfen.

„Stop", ging die Schildkröte dazwischen, trat dichter an den kleinen Bären heran und fuhr im Flüsterton fort. „Merkst du nicht, was hier gespielt wird? Die blöden Hühner wollen uns gegeneinander ausspielen. Wollen wir uns das etwa bieten lassen?" Endlich kapierte der kleine Bär. „Du hast recht", flüsterte er, „wir waren doch beide noch nie auf diesem Bauernhof. Deshalb kann keiner von uns den Hühnern etwas erzählt haben." „Genau", flüsterte Erwin zurück, „und ich hab' da eine Idee."

Die beiden Freunde steckten noch eine Weile die Köpfe zusammen. Dann sagte Erwin in ganz normaler Lautstärke: „Tja, kleiner Bär, so ist das nun mal. Du bist naiv und ich langsam. Aber weißt du, was ich gehört habe?"

„Nein", antwortete der Bär, „erzähl mal". Erwin deute auf Huhn Nummer 1. „Das Huhn da vorne soll nur winzig kleine Eier legen." „Echt?" sagte der Bär, „wer hat dir das denn erzählt?" „Ach, weißt du", entgegnete die Schildkröte, „ich will ja niemanden verpetzen, aber gewisse Leute..." Er sah mit der Andeutung eines Kopfnickens in die Richtung des Huhnes, das kurz zuvor ihn so überdeutlich angestarrt hatte. „Und weißt du, was ich gehört habe?", fragte der kleine Bär. „Erzähl", forderte Erwin ihn auf. „Also", sagte Lorenz, „ich weiß ja nicht, ob's stimmt. Aber die beiden Hühner dort" – er deute in eine Ecke des Stalls – „die sollen zu doof zum Körnerpicken sein. Weißt du, man hört ja so einiges". Jetzt deutete der kleine Bär mit einem Kopfnicken zu Huhn Nummer 3.

Es dauerte keine weiteren fünf Minuten, und der gesamte Hühnerstall war hoffnungslos zerstritten. Alle Hühner schnatterten und tratschten durcheinander, machten sich gegenseitig Vorwürfe und beschimpften sich. „Ich glaube das reicht", sagte die Schildkröte, „komm, lass uns verschwinden." Dieser Aufforderung kam Erwin nur zu gerne nach.

Sie krabbelten wieder ins Freie, wo schon der Geist wartete. „Bravo", sagte er, „ich wollte mit dieser Aufgabe eure Freundschaft auf die Probe stellen. Und ich muss sagen, ihr habt sie gut gemeistert". „Hier", sagte Lorenz und drückte dem Flaschengeist ein Ei in die Hand, „guten Appetit." „Äh... danke", entgegnete der Flaschengeist. Der kleine Bär hatte ihn ein wenig aus dem Konzept gebracht. „Also, wo waren wir stehen geblieben? Ach ja", sagte er, „seid ihr bereit für die nächste Prüfung?" Erwin und Lorenz nickten. „Okay, dann tretet einen Schritt vor und schreitet durch die zwölfte Pforte."

12 Die Zauberzuckerwatte

"Plopp!", machte es. Der kleine Bär und die Schildkröte hörten Kirmesmusik. Und dann sahen sie auch schon die Lichter. "Oh, prima", freute sich Lorenz, "ein Jahrmarkt! Dürfen wir auch Karussell fahren?" Der Flaschengeist trug eine weiße Haube auf dem Kopf und war mit einer rot-weiß gestreiften Schürze bekleidet. "Das ist eigentlich nicht vorgesehen", sagte er, "aber ihr dürft jede Menge Zuckerwatte essen." "Super!", jubelte der kleine Bär, derweil Erwin das Gesicht verzog. "Uah, Zuckerwatte, grässlich", sagte er. "Also gut", entgegnete der Geist, "dann ist dies wohl eher eine Prüfung für den kleinen Bären. Folgt mir."

Sie gingen quer über den Jahrmarkt. Vorbei an Los- und Schießbuden, an Kinderkarussells und einer riesigen Achterbahn. Der kleine Bär war kaum zu bremsen vor Begeisterung. Er hätte am liebsten alle Karussells ausprobiert. Und vielleicht hätte er sich sogar in die Achterbahn getraut. Statt dessen steuerte der Flaschengeist mit den beiden Freunden im Schlepptau auf einen Verkaufswagen zu, von dem ein verführerischer Duft ausging. Es roch nach allen möglichen leckeren Süßigkeiten. Lorenz sah Liebesäpfel und mit Schokolade überzogene Bananen, Waffeln, gebrannte Mandeln und große Tröge, in denen verschiedene Eissorten umgerührt wurden. In dem Verkaufswagen stand ein Mann mit einem dicken Bauch, der ähnlich gekleidet war wie der Flaschengeist. "Das ist Zacharias, der Zuckerbäcker", sagte der Geist, "er wird dir jetzt eine ganz besondere Zuckerwatte servieren, kleiner Bär. Du musst sie aufessen, dann ist die Prüfung bestanden. Aber pass auf, dass du dir nicht den Magen verrenkst." "Ganz bestimmt nicht", antwortete Lorenz. Dann war der Flaschengeist verschwunden.

Es gab Zuckerwatte in verschiedenen Farben. Der kleine Bär entschied sich für Rot. "Hier, bitte sehr", sagte Zacharias, "und, ach ja, ich würde die Warnung des Flaschengeistes ernst nehmen." "Danke", entgegnete Lorenz. Den Nachsatz des Zuckerbäckers hatte er vor lauter freudiger Erwartung gar nicht mehr mitbekommen.

Sie verabschiedeten sich von Zacharias und schlenderten über den Jahrmarkt. Lorenz biss ein großes Stück aus der Zuckerwatte heraus. „Hm, lecker", sagte er mit vollem Mund und wollte gleich noch einmal zulangen. Zu seiner großen Überraschung stellte er fest, dass das Stück, dass er gerade abgebissen hatte, nachgewachsen war. Mehr noch, die gesamte Zuckerwatte schien größer geworden zu sein. „Hast du das gesehen?", wandte sich Lorenz begeistert an die Schildkröte, „die Zuckerwatte ist nachgewachsen. Das bedeutet vielleicht, dass sie niemals alle wird. Oh, Mann, hab' ich ein Glück." Erwin ahnte, dass nur wieder neuer Ärger auf sie zukommen würde. „Freu dich nicht zu früh", sagte er zu dem kleinen Bären.

Und die alte Schildkröte sollte Recht behalten. Die beiden Freunde schlenderten weiter. Lorenz biss immer wieder von der Zuckerwatte ab. Jedes Mal wuchs ein mindestens doppelt so großes Stück nach. Das Wachstum schien sich dabei auch noch zu beschleunigen. „Ich platz gleich", jammerte der kleine Bär schließlich, als sein Bauch schon voll war mit Zuckerwatte, „was soll ich denn jetzt machen?" Lorenz konnte die Zuckerwatte inzwischen kaum noch festhalten, so groß war sie geworden. Und er konnte auch kaum noch etwas sehen, weil ihm die klebrige rote Substanz die gesamte Sicht verbaute. „Wärest du am Anfang nicht so gierig gewesen, wäre die Zuckerwatte vielleicht nicht so schnell gewachsen", tadelte ihn Erwin. Jetzt hatten sie die Bescherung. Die Watte hatte inzwischen auch die Schildkröte erreicht. Sie saß überall, knirschte unter den Fußsohlen der beiden Freunde, klebte an ihren Fingern, an Lorenz Fell und auf Erwins Panzer.

„Wenn das so weitergeht, bekommen wir gleich keine Luft mehr", warnte Erwin, „beiß ja nicht noch mehr ab, sonst wird die Zuckerwatte noch schneller größer. Wir müssen jetzt dringend etwas unternehmen." Nur was, lautete die große Frage. „Ich hab's", rief der Bär plötzlich und spuckte Fetzen der Watte aus, die ihm in den Mund geraten waren, „Zucker löst sich in Wasser auf. Wir müssen Wasser finden, dann ist der ganze Spuk vorbei."

So schnell es Erwins kurze Beine und die Berge von Zuckerwatte erlaubten, die sie mittlerweile umgaben, rannten die beiden Freunde los, um irgendwo Wasser zu finden. Sie konnten sich fast nur an Geräuschen orientieren, weil ihnen die klebrige Masse inzwischen vollends die Sicht nahm. Der kleine Bär stolperte, nachdem er sich in einem Watteknäuel verheddert hatte.

Er rappelte sich schnell wieder auf und lief weiter. Plötzlich hörten sie ein Rauschen und Plätschern. Es musste sich um die Wildwasserbahn handeln, die sie vorhin aus der Ferne gesehen hatten. Als das Plätschern ganz nah war, machten die Freunde einfach einen großen Satz – und landeten im Wasser. Kurze Zeit später schwammen sie in rotem Zuckerwasser. Zum Glück hatte sich die Watte komplett aufgelöst. Es war überstanden. „Ich esse nie wieder Zuckerwatte", stöhnte der kleine Bär.

„Huiiii", rief der Flaschengeist und kam in einem ausgehöhlten Baumstamm die Rutsche heruntergesaust, die den Endpunkt der Wildwasserbahn darstellte. Der Baumstamm trieb mit dem letzten Schwung auf die Freunde zu und blieb schließlich genau vor ihnen stehen. „Na, hat's geschmeckt?", fragte er den kleinen Bären. „Anfangs – hick! – ja", antwortete Lorenz und kämpfte gegen den Schluckauf an, der sich plötzlich eingestellt hatte, „von Süßem habe ich die Nase aber vorerst gestrichen voll." Der kleine Bär hickste wieder. „Was euch bei einer der weiteren Prüfungen vielleicht noch sehr nützlich werden könnte", ergänzte der Flaschengeist.

Triefend nass stiegen Erwin und Lorenz aus dem Bassin. Der Geist schnippte mit dem Finger, und vor den Freunden tanzten auf einmal zwei Handtücher in der Luft. „Hier", trocknet euch erst mal ab, bevor ihr euch noch einen Schnupfen holt." Dankbar nahmen Erwin und Lorenz die Handtücher entgegen. Sie sahen aus wie zwei begossene Pudel.

„So", sagte der Geist, als der kleine Bär und die Schildkröte wieder halbwegs trocken waren, „die Zauberzuckerwatte wäre geschafft. Seid ihr bereit für die nächste Prüfung?" Sie nickten, der kleine Bär in Verbindung mit einem Hickser. „Dann tretet einen Schritt vor", sagte der Geist, „und schreitet durch die dreizehnte Pforte."

13 Der traurige Schneemann

„Plopp!", machte es, und den kleinen Bären und die Schildkröte umgab eisige Kälte. „Puh, hier ist es aber kalt", sagte Lorenz und freute sich zum zweiten Mal an diesem ereignisreichen Tag, dass er ein dickes Fell hatte. „Das muss es auch sein", sagte der Flaschengeist, der sich einen bunten Schal um den Hals gewickelt hatte und auf dem Kopf eine Pudelmütze trug, „sonst würde ja alles wegtauen." Hä? Erwin und Lorenz sahen den Flaschengeist fragend an. „Kommt mit", sagte der Geist, „ich zeig's euch."

Weit und breit schien es nichts als Schnee zu geben. „Wo will der mit uns hin?", fragte Lorenz, als sie durch die weiße Masse stapften. Es war nur das Knirschen zu hören, dass entsteht, wenn man den Fuß auf Schnee aufsetzt. „Keine Ahnung", antwortete Erwin endlich auf die Frage seines Freundes und fröstelte. Sein Panzer hatte längst keine so wärmende Wirkung wie das Fell des kleinen Bären. „Achtung!", sagte der Flaschengeist plötzlich. Sie standen unversehens vor einer großen Halle, die so weiß war, dass man sie inmitten des Schnees einfach nicht gesehen hatte. Der Geist öffnete eine Tür und trat ein. Lorenz und Erwin folgten ihm. „Willkommen in der Schneemännerfabrik", sagte er.

Den beiden Freunden fiel vor lauter Staunen die Kinnlade herunter. Fast die komplette rechte Hälfte der Halle füllte ein gewaltiger Berg aus Schnee aus. Daneben sahen sie einen etwas kleineren zweiten Berg, der offenbar aus Karotten bestand. Und einen dritten Berg bildeten schwarze runde Stücken Kohle. An einer Wand der Halle standen in Reih' und Glied Hunderte von Besen. Und im linken Teil der Halle waren unzählige grüne Geister damit beschäftigt, unterschiedlich große Kugeln aus Schnee zu rollen und die einzelnen Komponenten zu Schneemännern zusammenzubauen.

„Hier werden Schneemänner gebaut und in die ganze Welt verschickt", sagte der Flaschengeist, um sich gleich darauf zu korrigieren: „Na ja, so ganz stimmt das nicht. Natürlich werden sie nur dort hin verschickt, wo es auch richtige Winter mit strengem Frost gibt. Einmal hatten wir eine Bestellung aus Tunesien. Der arme Schneemann kam als Wasserlache beim Empfänger an. Seitdem exportieren wir nur noch in kalte Länder." Der Geist rieb sich die Hände, weil ihm offenbar kalt geworden war. Er schnippte mit den Fingern, und plötzlich hingen ein paar dicke Fausthandschuhe in der Luft, die er sich überzog. „Ah, das ist besser", sagte er, „äh... wo waren wir stehen geblieben? Ach ja, wir exportieren also nur noch in kalte Länder. Und jetzt zeige ich euch, wo die fertigen Schneemänner stehen. Dort werdet ihr auch erfahren, worin eure nächste Prüfung besteht."

Sie traten durch eine weitere Tür und standen in einer zweiten Halle, die fast genau so war wie die erste, wenn auch ein wenig niedriger. Die gesamte Halle stand voll mit Schneemännern, die auf den ersten Blick alle gleich aussahen. Wenn man jedoch ein wenig genauer hinsah, stellte man fest, dass sie alle kleine Unterschiede aufwiesen. Bei einem Schneemann saß der Zylinder ein wenig tiefer im Gesicht, der andere hatte dafür vier anstatt nur drei Kohlestücke als Jackenknöpfe. Es gab dünne Schneemänner und dicke, große und kleine, wobei die Unterschiede aber jeweils nur minimal waren. „Kein Schneemann sieht aus wie der andere", sagte der Flaschengeist, der offenbar ahnte, worüber die beiden Freunde gerade nachdachten. „Jeder für sich ist ein Individuum, hat sein eigenes Aussehen und auch seine eigene Persönlichkeit. Allerdings sind wir damit auch bei dem Problem angelangt, um das es in dieser Prüfung geht."

Der Geist ging die Reihen der Schneemänner entlang und stoppte bei einem von ihnen – aus einem nur allzu ersichtlichen Grund, wie Erwin und Lorenz feststellten. Der Schneemann war nicht weiß wie all die anderen Schneemänner, er war blau, so blau wie der Himmel an einem klaren sonnigen Wintertag. Es war ein schönes Blau, aber für einen Schneemann eben doch eine sehr ungewöhnliche Farbe. Und man merkte dem Schneemann an, dass er alles andere als glücklich war. „Tja,", begann der Flachengeist, „ihr seht, worum es geht. Das ist Balduin, der blaue Schneemann. Wir haben alles versucht, um ihn weiß zu machen, aber es hat nicht funktioniert. Ihr könnt euch vorstellen wie unglücklich Balduin ist." Den letzten Satz hatte der Flaschengeist geflüstert, so dass der Schneemann es nicht hören konnte. Nun fuhr er in normaler Lautstärke fort. „Eure Aufgabe jedenfalls ist es, aus Balduin einen weißen und" – jetzt flüsterte er wieder – „möglichst auch einen glücklichen Schneemann zu machen. Also, viel Glück. Wir sehen uns." Der Flaschengeist klatschte in die Hände und war verschwunden.

Da standen sie nun, mit einem traurigen blauen Schneemann, den sie irgendwie in einen weißen Schneemann verwandeln mussten. Bloß wie? Wenn Schnee einmal blau war, dann war er eben blau. Man konnte ihn nicht einfach umfärben, und sie hatten auch gar keine Farbe und keinen Pinsel oder wenigstens eine Spritze, mit der sie die Farbe in den Schnee hätten spritzen können. Und anderen Schnee, der bereits weiß war, konnten sie auch nicht nehmen. Denn dann wäre Balduin nämlich nicht mehr Balduin.

„Wir können ihm doch einfach weiß machen, er sei weiß", sagte der kleine Bär und musste über sein eigenes Wortspiel kichern, hörte jedoch sofort wieder damit auf, denn schließlich war die Situation ernst. Balduin sah ziemlich traurig aus. „Das ist es!", rief Erwin plötzlich, „du hast vollkommen recht." Die Schildkröte korrigierte sich. „Na ja, vielleicht nicht vollkommen. Aber die Idee ist brillant." Der kleine Bär verstand schon wieder kein Wort. „Wie meinst du das?", fragte er seinen Freund, „Balduin glaubt uns doch nie, dass er gar nicht blau, sondern weiß ist." "Nein, natürlich nicht", wehrte Erwin ab, "aber wir können ihm doch sagen, dass Blau auch eine schöne Farbe ist und dass er etwas ganz Besonderes darstellt". Lorenz kapierte immer noch nicht so ganz und zuckte mit den Schultern. "Sieh dich um", forderte Erwin ihn auf, "wenn du dir einen aussuchen könntest, welchen Schneemann würdest du nehmen?"

Jetzt verstand Lorenz. "Na klar", sagte er, "ich glaube, ich würde den Blauen nehmen, denn einen blauen Schneemann hat nicht jeder, das ist etwas Besonderes." "Bingo", entgegnete Erwin und nickte in die Richtung von Balduin, "komm, wir versuchen es."

Sie erzählten Balduin, dass er ein sehr schöner Schneemann sei, wenn doch nur seine Mundwinkel nicht so traurig herunterhingen, und dass sein Blau ganz besonders hübsch sei, dass überhaupt blaue Schneemänner in diesem Winter die große Mode seien und er etwas ganz Einzigartiges darstelle, weil er gewissermaßen der Prototyp dieser Mode sein. Endlich taute der Schneemann auf – zum Glück nur im übertragenen Sinne. "Wisst ihr was?", sagte er, "ihr habt Recht. Ich bin etwas Besonderes, nicht so ein Allerweltsschneemann. Die anderen Schneemänner sind alle schön, aber ich kann mich auch sehen lassen." Balduin legte eine kleine Pirouette hin, und nach der Drehung zeigten seine Mundwinkel plötzlich nach oben. "Jetzt bist du noch hübscher", sagte Lorenz genau in dem Moment, als der Flaschengeist wieder erschien.

"Oh", sagte der Geist, "welche Freude! Balduin scheint richtig glücklich zu sein. Wie habt ihr das geschafft?" Lorenz erklärte es ihm: "Wir haben ihm einfach gesagt, dass er ein sehr schöner Schneemann und etwas ganz Besonderes ist", sagte er. "Und das stimmt ja auch", ergänzte Erwin. Der Flaschengeist nickte. "Und außerdem muss man die Leute mitunter einfach so akzeptieren wie sie sind", ergänzte er, "ihr habt die Aufgabe auf jeden Fall hervorragend gelöst. Zum Dank würde ich euch ja glatt einen Schneemann schenken. Aber den könnt ihr dort, wo ihr als nächstes hin müsst, nun wirklich nicht gebrauchen". "Schade", sagte der kleine Bär.

Der Flaschengeist überhörte die Bemerkung und stellte statt dessen seine übliche Frage: "Seid ihr bereit für die nächste Prüfung?" Die Freunde verabschiedeten sich von Balduin und nickten. "Dann tretet einen Schritt vor und schreitet durch die vierzehnte Pforte."

14 Der pummelige Pirat

„Plopp!", machte es. Der kleine Bär und die Schildkröte stellten fest, dass es unter ihren Füßen schwankte. Sie befanden sich auf einem Segelschiff. Die Segel waren dunkelrot und vom Wind gebläht. Wie auf Kommando blickten Erwin und Lorenz gemeinsam den Mast hoch. Dort oben flatterte eine Totenkopfflagge. „Oh Schreck", sagte der kleine Bär, „wir sind auf einem Piratenschiff." Der Flaschengeist saß oben im Krähennest und winkte zu den beiden Freunden herunter. „Genau", rief er und fügt dann hinzu: „Wartet auf mich, ich komme runter."

„Sehr komisch", maulte Erwin, während der Flaschengeist sich an einer Strickleiter herunter hangelte, „was sollten wir wohl sonst tun als auf ihn warten?" Der Geist hatte inzwischen die Schiffsplanken erreicht und kam näher. Er trug ein geringeltes T-Shirt, eine abgerissene dunkle Hose und schwarze Schuhe mit glänzenden Schnallen. Er hatte sich ein Kopftuch umgebunden und eine Augenklappe aufgesetzt. „Hallo Smutjes", sagte er zur Begrüßung. „Smutjes?", fragte Erwin. „Richtig", antwortete der Flaschengeist, „ihr befindet euch auf einem Piratenschiff. Und ihr seid zum Kartoffelschälen in der Kombüse abgeordnet". Der Geist nahm die Augenklappe ab, blickte sich vorsichtig um und fuhr dann flüsternd fort: „Die Sache hat allerdings noch einen Haken", sagte er. „Ist ja ganz was Neues", entgegnete die Schildkröte. „Scht!", machte der Geist, „nicht so laut. Der Haken ist, dass dies das Schiff des pummeligen Paul ist. Paul ist leider nicht nur ein sehr dicker, sondern auch ein sehr eitler Pirat. Hütet euch also, ihm gegenüber etwas über seine Figur zu sagen. Der lässt euch glatt Kiel holen."

Der Flaschengeist führte die beiden Freunde in die Kombüse. An Bord herrschte gelöste Stimmung. Anders ausgedrückt: Die meisten Piraten schliefen entweder oder sangen und feierten lautstark. Offenbar hatten sie gerade eine erfolgreiche Kaperfahrt hinter sich, und die Beute hatte wohl aus kistenweise Rum bestanden. Ein paar Flaschen davon kullerten achtlos über das schwankende Deck, während Lorenz, Erwin und der Flaschengeist auf die Kombüse zusteuerten. Als sie in den kleinen Raum kamen, sahen sie einen riesigen Berg Kartoffeln. „Oh je, die müssen wir alle schälen?", fragte Lorenz entsetzt. „Allerdings", antwortete der Geist, „und wie gesagt: Hütet euch, abfällige Bemerkungen über die Figur des pummeligen Piraten zu machen." Der Flaschengeist verschwand mit einem Fingerschnippen und ließ die beiden Freunde mit ihren Kartoffeln alleine.

Lorenz und Erwin hatten schon drei große Töpfe voll Kartoffeln geschält, doch der Haufen war kaum kleiner geworden. Plötzlich ging die Kombüsentür auf. Das erste, was der kleine Bär und die Schildkröte sahen, war ein großer Schatten, dann folgte die Person, die ihn geworfen hatte. Es handelte sich unverkennbar um den pummeligen Paul. Er trug eine blaue Kapitänsuniform und den schwarzen Dreispitz-Hut der Admirale. Unter der Kapitänsjacke war er ebenfalls mit einem geringelten Pullover bekleidet, der sich über einem gewaltigen Bauch spannte. Paul war kaum größer als der kleine Bär. Aber er war so rund wie eine Kanonenkugel.

„Ahoi, Smutjes", donnerte der Pirat, „was machen die Kartoffeln? Ich hab' Hunger." Erwin musste sich auf die Zunge beißen, weil sich eine Bemerkung über Pauls Bauch an dieser Stelle geradezu aufgedrängt hätte. Statt der Schildkröte antwortete der kleine Bär. „Wir beeilen uns, Herr Pum... Entschuldigung, Herr Paul." Zum Glück hatte der Pirat den Beinahe-Versprecher überhört. „Nun gut", sagte er, „in einer halben Stunde muss alles fertig sein. Und eins könnt ihr euch gleich merken: Wenn's ums Essen geht, verstehe ich keinen Spaß." Paul drehte sich in dem engen Raum um, was angesichts seines Bauchumfangs schon mit einiger Mühe verbunden war, und verließ dann ohne ein weiteres Wort die Kombüse.

„Mann, das war knapp, ich hätte mich fast versprochen", sagte Lorenz, als der Pirat hinter sich die Tür geschlossen hatte. „Ich hab's gemerkt", antwortete Erwin, „wir kriegen noch richtig Ärger, wenn du nicht besser aufpasst." Sie beeilten sich mit den Kartoffeln, und jetzt wurde der Berg tatsächlich zusehends kleiner. Lorenz hatte gerade die letzte Kartoffel geschält, in zwei etwa gleich große Hälften geteilt und in einen Topf geschmissen, als die Tür aufging. Es war erneut der pummelige Pirat. „Aha!", sagte Paul mir dröhnender Stimme, „wie ich sehe, habt ihr alle Kartoffeln geschält." „Wir haben uns extra beeilt, wir wissen ja, dass Sie immer großen Hunger haben", sagte Lorenz. Der Pirat baute sich in voller Breite vor dem Bären auf. „Wie meinst du das?", fragte Paul mit einem drohenden Unterton. „Äh, na ja, wir...", stotterte der kleine Bär, „wir dachten nur, dass Sie vermutlich..., also äh, wo Sie doch vorhin auch schon sagten, dass... äh, also, auf jeden Fall sind die Kartoffeln fertig, Herr Pummel."

Im selben Moment, als er das Wort ausgesprochen hatte, wäre der kleine Bär am liebsten im Boden versunken. Der Pirat lief ohne Umwege puterrot an. „Zu hoher Blutdruck", urteilte Erwin unklugerweise und brachte Paul damit nur noch mehr auf die Palme. „Hören Sie, wir würden für Sie durch dick und dünn gehen", beeilte sich Erwin zu sagen und war damit schon wieder in ein Fettnäpfchen getreten. „Oh, jetzt kommt es für uns knüppeldick", sagte der Bär und trug dazu bei, dass Paul kurz davor war, wie ein Wasserkessel zu pfeifen. „Sie sollten den Aussagen meines Freundes nicht soviel Gewicht beimessen", meinte die Schildkröte. „Wenn wir noch ein Wort sagen, landen wir voll auf dem Bauch", entgegnete Lorenz.

„Schluss jetzt mit dem Geplapper!", fuhr der Pirat donnernd dazwischen, „ihr werdet über die Planke gehen, und zwar sofort." „Planke gehen?

Was ist das?", fragte der kleine Bär, der den Ausdruck noch nie gehört hatte, unsicher. „Nichts Gutes", antwortete Erwin nur, ehe sie an Deck geführt wurden. Die Sonne stand inzwischen im Zenit, es war sengend heiß. Wenigstens würden sie im Wasser nicht frieren, dachte die alte Schildkröte. Aber das war nur ein schwacher Trost angesichts der Haifische, die bereits um die Stelle im Meer kreisten, an der die Piraten die Planke über die Reling geschoben hatten. Paul hielt Lorenz und Erwin mit seinem langen Degen in Schach und trieb sie vor sich her. Die Freunde betraten die schmale Planke, die sich unter ihrem Gewicht bereits bedrohlich nach unten bog. Zwei Schritte noch, und sie würden im Wasser bei den Haien enden. „Halt!", rief Erwin plötzlich, „schenk uns das Leben, Pirat Paul, und wir zeigen dir, wo ein sagenhafter Schatz vergraben ist."

Der pummelige Paul hielt inne und nahm seinen Degen ein Stück herunter. „Schwindelt ihr mich auch nicht an?", fragte er. „Nein", versicherte Erwin und zwinkerte Lorenz zu, der sofort verstand. Das war wieder so eine Geschichte, wo sie sich einfach mit einer kleinen Notlüge herausredeten. Es war ja doch alles nur Phantasie. „Also gut", sagte der Pirat schließlich und ließ ein dröhnendes Lachen vernehmen. „Darauf müssen wir trinken, Freunde! Erst einen Becher Rum, und dann können wir uns über den Schatz unterhalten. Und Gnade euch Gott, wenn ihr mich hinters Licht führen wollt."

Im Kreise der Piraten saßen Erwin und Lorenz an Deck. Paul gab ihnen zwei Becher mit Rum und hielt seinen eigenen Becher in die Luft. „Stoßt an, Gefährten. Auf unseren Schatz!"

Genau in dem Moment, als die Becher aneinander stießen, verschwanden die Piraten und das Schiff, und Erwin und Lorenz fanden sich an einem Strand wieder. Der Flaschengeist trug noch immer seine Piratenkluft. „So so", sagte er, „ihr habt den pummeligen Paul also ausgetrickst. Ging es um einen Schatz oder um etwas zu Essen?" „Wir haben ihm einen Schatz versprochen", antwortete Erwin.

„Ich dachte mir, dass es irgend etwas in dieser Richtung ist. Bei Essen und Schätzen kann Paul nie wiederstehen", sagte der Geist. Was den beiden Freunden nur recht gewesen war. Sie hatten sich wieder einmal aus der Affäre gezogen. „Seid ihr bereit für die nächste Prüfung?", fragte der Geist, „dann tretet einen Schritt vor und schreitet durch die fünfzehnte Pforte."

15 Der ängstliche Sonnenschirm

„Plopp!", machte es. Der kleine Bär und die Schildkröte standen immer noch an dem Strand, an dem sie nach dem Abenteuer mit dem pummeligen Piraten gelandet waren. Allerdings war der Strand nicht mehr leer. Lorenz und Erwin sahen Liegestühle, Luftmatratzen und Handtücher auf denen Menschen in der Sonne lagen. Auch der Flaschengeist hatte es sich auf einem Liegestuhl bequem gemacht. Er trug eine Badehose und eine dunkle Sonnenbrille und saugte an einem Strohhalm, dessen anderes Ende in einem Glas mit einer exotisch aussehenden Flüssigkeit steckte. „Ahhh, endlich Urlaub", sagte der Flaschengeist und rekelte sich auf seinem Liegestuhl, „allerdings nicht für euch." Der Flaschengeist deute auf eine Reihe von Sonnenschirmen, die allesamt aufgespannt waren – bis auf einen.

„Seht ihr die Sonnenschirme?", fragte er. Lorenz und Erwin nickten. „Allesamt ausgebildet, um höchsten Urlauberansprüchen zu genügen", erklärte der Flaschengeist, „manche von ihnen waren vorher Regenschirme und haben dann umgeschult." Erwin und Lorenz nickten erneut, auch wenn sie bisher nicht gewusst hatten, dass es Umschulungsmaßnahmen für Schirme gibt. „Seht ihr auch den einen Schirm, der nicht aufgeklappt ist?" Die beiden Freunde nickten zum dritten Mal. „Um genau den geht's", sagte der Flaschengeist, „das ist Bodo, auch genannt Bodo der Ängstliche?"

„Warum denn der Ängstliche?", fragte Lorenz.

„Ganz einfach, kleiner Bär", antwortete der Flaschengeist, „weil Bodo Angst hat, sich aufspannen zu lassen. Er war früher ein prima Regenschirm. Aber nachdem in dieser Gegend Regen immer seltener geworden ist – ihr wisst schon, Klimaveränderungen und so –, hat er sich ebenfalls zu einer Umschulung entschlossen. Und das war ein Fehler. Bodo hat Angst, dass die Sonne für ihn zu heiß ist. Deshalb wehrt er sich mit Händen und Füßen, wenn man ihn aufspannen will." Der kleine Bär dachte einen Moment nach. „So'n Quatsch",

sagte er schließlich, „Schirme haben doch keine Hände und Füße." „Natürlich nicht, das war doch nur bildlich gesprochen", sagte der Geist. Erwin verdrehte die Augen. Er hatte natürlich gleich kapiert, was der Flaschengeist meinte. „Eure Aufgabe ist es auf alle Fälle, Bodo dazu zu bringen, sich aufspannen zu lassen", fuhr der Geist fort, „viel Glück."

Ausnahmsweise verschwand der Geist nicht. Er stand statt dessen von seiner Liege auf und schlenderte zu der von Palmen gesäumten Strand-Bar, die im Hintergrund zu erkennen war. Offenbar wollte er sich einen neuen Cocktail holen. Der kleine Bär und die Schildkröte gingen unterdessen zu Bodo und machten sich an ihre Aufgabe.

„Hallo!?", sagte der kleine Bär und zupfte vorsichtig an dem Schirm. „Hallo", hörten sie die Stimme von Bodo, „was gibt's?" Es wunderte die Freunde inzwischen nicht mehr im Geringsten, dass sie es mit einem sprechenden Schirm zu tun hatten. „Wir sind's, der kleine Bär und die Schildkröte", sagte Lorenz, „ich heiße Lorenz und das" – der kleine Bär deutete auf die Schildkröte – „das ist mein Kumpel Erwin." „Genau", schaltete sich Erwin ein, „wir wollten fragen, warum du Angst hast, dich aufspannen zu lassen und ob wir dir vielleicht helfen können." Bei dem Wort „aufspannen" war ein leichtes Zittern durch den Schirm gegangen. „Hört zu", sagte Bodo mit einem Anflug von Panik in der Stimme, „ich lass mich nicht aufspannen, weil die Sonne mich sofort verbrennen würde. Das hat mir ein Klassenkamerad bei der Umschulung gesagt, der die Schule geschmissen hat und nun oben im Norden wieder als Regenschirm jobbt. Und nein, ihr könnt mir nicht helfen. Mir gefällt's so ganz gut. Sollen sich die anderen doch aufspannen lassen. Ich bleibe auf jeden Fall zu."

„Das hat keinen Zweck, der lässt sich nie und nimmer überreden", sagte Lorenz zu Erwin. „Das fürchte ich auch", entgegnete die Schildkröte, „komm, lass uns mal runter zum Wasser gehen, ich hab' da so eine Idee." Der kleine Bär nickte und wandte sich an Bodo: „Wir gehen mal kurz zum Wasser", sagte er, „bis später."

Die beiden gingen den Strand hinunter, bis sie aufpassen mussten, von den Wellen nicht nass gespritzt zu werden. „Ich glaube, wir brauchen es mit Gewalt gar nicht erst zu versuchen, du hast ja gehört, was der Flaschengeist gesagt hatte." Erwin legte eine kurze Pause ein und fuhr dann fort: „Wie wäre es, wenn wir Bodo einfach dazu bringen, einzuschlafen. Dann klappen wir ihn so vorsichtig auf, dass er es gar nicht merkt. Und dann werden wir sehen, was passiert." „Prima Idee", sagte Lorenz, und die beiden Freunde stapften den Strand wieder hoch in Richtung Bodo. „Ach", sagte Lorenz unterwegs, „eine Frage hab' ich da noch: Wie bringt man einen Sonnenschirm zum Einschlafen?" Erwin zuckte mit den Schultern. „Ganz einfach, wir singen ihm ein Schlaflied."

Sie hatten den Schirm erreicht. „Uaaahh", machte Lorenz und deutete ein Gähnen an, „hallo Bodo, bist du auch so furchtbar müde?" Erwin gähnte ebenfalls herzhaft. Dann fingen sie beide an, die Melodie eines Schlafliedes zu singen. Ein paar Takte reichten, schon war Bodo eingeschlafen. „Jetzt ist es soweit", flüsterte Erwin. Lorenz nickte. Sie begannen beide, vorsichtig an dem Schirm zu hantieren, bis sie ihn aufgespannt hatten. Dann stellte sie sich genau vor Bodo auf und riefen: „Bodo!"

Der Sonnenschirm erwachte. „Oh Mann, hab ich gut geschlafen. Ich fühl' mich dermaßen kräftig und fit, ich könnte Bäume ausreißen", sagte Bodo und hätte vermutlich einen Purzelbaum geschlagen, wenn er dazu in der Lage gewesen wäre. „Was glaubst du wohl, woran es liegt, dass du dich so gut fühlst?", sagte Erwin, „sieh dich doch mal an."

„Aaargh!", entfuhr es dem Schirm plötzlich, „ich bin aufgeklappt. Was habt ihr gemacht? Das kann doch nicht wahr sein. Seid ihr denn völlig wahn..." Erwin unterbrach ihn. „He", sagte er, „denk doch erst mal nach. Du bist zwar aufgeklappt, aber die Sonne hat dich nicht verbrannt, oder? Im Gegenteil, sie wärmt dich, und du fühlst dich wohl! Oder etwa nicht?" Einen kurzen Moment passierte gar nichts. Erwin und Lorenz starrten den Schirm an. „Meine Güte, ihr habt recht", sagte er, „all die Jahre hatte ich Angst vor der Sonne. Und jetzt merke ich, dass sie mir gut tut. Endlich kann ich meinem Job nachgehen und ein guter Sonnenschirm werden. Vielen Dank, Freunde." „Keine Ursache", sagten der kleine Bär und die Schildkröte und verabschiedeten sich.

Der Flaschengeist lag immer noch in seinem Liegestuhl. Er hatte schon wieder ein volles Cocktailglas in der Hand, und inzwischen hatte er Kopfhörer eines MP3-Players auf den Ohren. „Erledigt", sagte Lorenz. Der Geist reagierte nicht. Vielleicht hatte er zu viele Cocktails getrunken. „Erledigt!!", wiederholte Lorenz, diesmal in doppelter Lautstärke. Der Flaschengeist fuhr von seiner Liege auf, als hätte ihm jemand Eiswürfel auf den Bauch gekippt. Er riss die Kopfhörer von den Ohren. „Meine Güte. Habt ihr mich erschreckt", der Geist schwankte ein klein wenig, „was gibt's denn?". Lorenz und Erwin deuteten zu Bodo herüber, der aufgeklappt und augenscheinlich mit großer Zufriedenheit in der Sonne stand. „Oh", sagte der Geist, „nicht schlecht, wirklich nicht schlecht. Wie habt ihr das geschafft?" Lorenz zuckte mit den Schultern. „Durch Überzeugungskraft", übernahm Erwin die Antwort.

Der Geist nahm noch einen tiefen Schluck von seinem Cocktail. „Nun gut, Jungs", sagte er, „ich möchte jetzt noch ein bisschen in der Sonne liegen. Ihr könnt ja schon mal weitermachen. Seid ihr bereit für die nächste Prüfung?" Erwin und Lorenz nickten, obwohl sie eigentlich viel lieber auch noch eine Weile am Strand geblieben wären; wer weiß, was sie nun wieder erwartete. „Also schön", sagte der Geist, „dann tretet einen Schritt vor und schreitet durch die sechzehnte Pforte."

16 Schachmatt mit Witzen

„Plopp!", machte es, und der kleine Bär und die Schildkröte fanden sich in einem hell erleuchteten Raum wieder, der von einem riesigen Schachbrett dominiert wurde. Die Fläche aus schwarzen und weißen Feldern erstreckte sich über mindestens 50 mal 50 Meter. Allerdings fehlten die Figuren. „Ich hoffe, ihr könnt Schach spielen", sagte der Flaschengeist, der aus dem Nichts aufgetaucht war und sich eine randlose Brille auf die Nase gesetzt hatte. Vermutlich sollte das intelligent aussehen. „Kein Problem", sagte Erwin, „Schach ist eines meiner Lieblingsspiele. Allerdings fürchte ich, dass der kleine Bär nicht mal die Regeln kennt." So war es in der Tat. Lorenz spielte gerne Mensch-ärgere-dich-nicht oder Maumau, aber von Schach hatte er nicht die leiseste Ahnung. „Das macht nichts", entgegnete der Flaschengeist, „es handelt sich nämlich um ein ganz besonderes Schachspiel."

Er klatschte in die Hände, schon trabten die schwarzen und weißen Figuren herein und nahmen ihre Stellung auf dem Brett ein. „Weiß oder schwarz?", fragte der Flaschengeist. „Weiß", antwortete die Schildkröte und eröffnete das Spiel. „Bauer von e2 auf e4", sagte er. Schon stürmte die Figur, die verdächtige Ähnlichkeit mit Bauer Harms aus dem Hühnerstall aufwies, auf die gewünschte Position. Jetzt war Schwarz am Zug. Der schwarze Bauer von d7 trippelte auf d5 – zur großen Überraschung der Schildkröte. „Ha, nicht aufgepasst", sagte Erwin, „Bauer von e4 schlägt Bauer aus 5d". Der Bauer marschierte auf seinen Gegner zu, doch es passierte gar nichts.

„Tja, wie gesagt", sagte der Flaschengeist, „es handelt sich um ein besonderes Schachspiel, nämlich um Witzschach. Du kannst die Figur erst schlagen, wenn du einen Witz erzählst." Der Flaschengeist hatte plötzlich eine Schachuhr in der Hand und drückte auf den Knopf. „Du hast genau 10 Sekunden Zeit." Erwin sah sich verzweifelt zu dem kleinen Bären um, der unbeteiligt am Rand des Spielfeldes stand. „Schnell" sagte die Schildkröte, „wir brauchen einen Witz."

„Was ist grün und rennt durch den Wald?", sagte Lorenz spontan, um gleich selbst die Antwort zu geben: „Ein Rudel Gurken!" Die gesamte weiße

Mannschaft schüttelte sich vor Lachen, sogar die Dame und der König rangen sich ein Lächeln ab. Schwupp, schon war der schwarze Bauer vom Feld verschwunden. „Das war ein kleines Eröffnungsgeschenk", sagte der Geist, der ebenfalls in schallendes Gelächter ausgebrochen war, „aber jetzt wird es ernst."

Erwin stand der Schweiß auf der Stirn. Er war zwar ein guter Schachspieler. Aber im Witze erzählen war er nicht gerade ein Meister. Und er wusste, dass auch Lorenz' Repertoire an Witzen arg begrenzt war. Meistens erzählte der kleine Bär die selben drei, vier Witze. Die Schildkröte kannte sie längst alle auswendig. „Wir müssen das Spiel schnell beenden, bevor uns die Witze ausgehen", raunte er Lorenz zu und machte seinen nächsten Zug. Jetzt half nur noch Angriff. „Bauer f2 auf f4", sagte die Schildkröte, und die zweite Bauer-Harms-Kopie trippelte zwei Felder vor. Auf der schwarzen Seite marschierte der Bauer von e7 auf e6. Jetzt hätte Lorenz seine Dame nur noch auf h4 ziehen müssen, dann hätte er dem schwarzen König Schach bieten können. Doch die gegnerische Mannschaft hätte dann nur ihre Dame auf e7 rücken müssen, und der König wäre geschützt gewesen. Er musste Schwarz ein Angebot machen – und hoffen, dass der Gegner darauf hereinfiele.

„Bauer von a2 auf a4", sagte die Schildkröte. Der Konter von Schwarz folgte prompt. Die Dame zog von e8 auf a4 und begann einen Witz zu erzählen: „Was ist gelb und hüpft durch den Wald? Ein Post-Frosch!" Jetzt brach die gesamte schwarze Mannschaft in Gelächter aus, und der weiße Bauer war von der Spielfläche verschwunden.

Das Spiel ging hin und her, ohne dass eine der Mannschaften eine Figur hätte schlagen können. Erwin zog erst seinen Läufer und dann seinen Springer nach vorne, Schwarz brachte einige Bauern in Stellung und hatte gerade seinen Springer von b8 auf c6 gezogen. Da erkannte die Schildkröte ihre Chance. „Dame von e1 auf h4", sagte Erwin, und die weiße Dame schritt würdevoll und ohne allzu große Hektik auf das angewiesene Feld. „Schach", sagte die Schildkröte. Schwarz musste reagieren und zog seinen König auf das einzige noch mögliche Feld: d7. Erwin ließ seinen König von e1 auf d2 hüpfen. Schwarz erkannte die Falle nicht, rangierte mit seinem Läufer von c8 auf h3 und erzählte einen Witz: „Beißen zwei Irre in eine Schiene. Aua, ist das hart, sagt der eine. Komm, sagt der zweite, lass uns ein Stück weitergehen. Da vorne kommt eine Weiche." Die schwarze Mannschaft kringelte sich vor Lachen. Erwin lachte nicht. „Turm von h1 auf d1", sagte er und fügte dann ganz trocken hinzu: „Schachmatt."

Das Gelächter auf der schwarzen Seite hörte abrupt auf. Dem Geist war die Kinnlade heruntergefallen; er schien sich ziemlich zu ärgern. „Moment", fiel ihm plötzlich ein, „so leicht geben wir uns nicht geschlagen. Erst müsst ihr noch einen Witz erzählen. Und bei einem Schachmatt muss er besonders gut sein." Der Geist drückte erneut auf seine Schachuhr. „Ihr habt 10 Sekunden", sagte er.

„Schnell", rief Erwin zu Lorenz herüber, „wir brauchen noch einen Witz, und zwar einen guten!" Man sah förmlich, wie hinter der Stirn des kleinen Bären die Gedanken rotierten. Ein Witz, ein guter Witz. Warum nur fiel ihm gerade jetzt nichts ein. Die Uhr tickte. Noch 7 Sekunden, noch 6 Sekunden, noch 5 Sekunden... „Jetzt hab ich's", rief der kleine Bär plötzlich. Zwei Sekunden vor Ablauf der Zeit hielt der Geist die Uhr an. „Was sind die drei härtesten Jahre im Leben eines Manta-Fahrers", fragte der Bär. Der Geist zuckte mit den Schultern. „Die neunte Klasse Hauptschule!"

Lorenz brach über seinen eigenen Witz in schallendes Gelächter aus. Sogar Erwin musste lachen. Und auch der Geist konnte sich nicht zurückhalten, obwohl er das Spiel verloren hatte. „Köstlich", sagte er, wischte sich eine Lachträne aus dem Augenwinkel und wandte sich an den kleinen Bären, „wirklich köstlich. Für die nächste Flaschengeisterparty bist du hiermit als Alleinunterhalter engagiert."

Auf dem Spielfeld hatte der Turm inzwischen den König umgeboxt. Die weiße Mannschaft jubelte, die Bauern tanzten über die Felder. Die Pferde wieherten vor Freude, und die Läufer rasten von einer Ecke des Brettes in die nächste und wieder zurück. Die schwarzen Figuren standen unterdessen zusammen in einer Ecke und ließen die Köpfe hängen.

„Alle Achtung", sprach der Flaschengeist nun die Schildkröte an, „du bist wirklich ein guter Schachspieler. Und da ihr das Spiel gewonnen habt, ist auch diese Aufgabe geschafft." Der Geist klatschte in die Hände. Auf dem gleich Weg, wie sie gekommen waren, marschierten die Figuren wieder vom Feld. Im Lager der Weißen herrschte immer noch ausgelassene Stimmung, während sich unter den schwarzen Figuren zwei Bauern damit abmühten, den lädierten König vom Feld zu tragen.

„Neunte Klasse Hauptschule, herrlich", gniggerte der Geist immer noch, „den muss ich mir unbedingt merken." Der kleine Bär tippte ihm auf die Schulter. „Äh, Entschuldigung, geht's jetzt weiter?", fragte er. „Was?", antwortete der Geist, „ach so, ja, natürlich. Seid ihr bereit für die nächste Prüfung?" Erwin und Lorenz nickten. „Dann tretet einen Schritt vor", sagte der Geist und bemühte sich, sein Lachen zu unterdrücken, „und schreitet durch die siebzehnte Pforte."

17 Der dunkle Raum

„Plopp!", machte es. Und der kleine Bär und die Schildkröte sahen gar nichts. Um sie herum war es stockdunkel. Man konnte die Hand vor Augen nicht erkennen. Nicht das kleinste Fünkchen Licht schimmerte in der Finsternis. „Erwin?", fragte Lorenz. „Lorenz?", fragte Erwin. „Wo bis du?" „Hier." „Wo hier?" „Na hier." Lorenz trat einen Schritt zur Seite und stolperte. „Aua", beschwerte sich Erwin.

„Willkommen im dunklen Raum", sagte der Flaschengeist. Er war lediglich als ein grüner Schimmer zu erkennen. „Wie ihr seht, seht ihr gar nichts", sagte der Geist, „und eure Aufgabe ist es, in dieser totalen Finsternis drei Gegenstände zu finden." Das grüne Schimmern erlosch. Offenbar war der Geist verschwunden.

„Erwin, ich seh' nichts", sagte der kleine Bär. „Ach", bemerkte die Schildkröte bissig. „Wie sollen wir denn in dieser Dunkelheit drei Gegenstände finden?", fragte Lorenz. „Keine Ahnung", antwortete Erwin, „am besten ist es, wir finden uns erst mal gegenseitig." „Und wie soll das gehen?", fragte der Bär zurück. „Das einfachste wird es sein, wenn ich hier stehen bleibe, und du versuchst, dich langsam zu mir vorzutasten", entgegnete die Schildkröte.

Lorenz begann, langsam durch die Dunkelheit zu stapfen. Plötzlich stolperte er erneut. „Aua", rief die Schildkröte wieder. „Na ja", sagte der Bär und befühlte Erwins Panzer, „immerhin das wäre geschafft. Und wie geht's nun weiter?" Erwin überlegte kurz. „Ich schlage vor, dass wir uns aneinander festhalten und versuchen, unsere anderen Sinne zu gebrauchen", antwortete die Schildkröte. „Andere Sinne?", fragte der Bär. „Natürlich", dozierte Erwin in die Dunkelheit hinein, „wir können doch nicht nur sehen. Bären zum Beispiel haben einen sehr guten Geruchssinn. Also benutze gefälligst deine Nase."

Der kleine Bär begann zu schnüffeln. „Ich rieche etwas", sagte er plötzlich, „mmh, das riecht lecker." Langsam ging er in der Finsternis weiter. „Bist du da?", fragte der kleine Bär. „Nein", antwortete Erwin, „wo bist du?" „Hier", sagte Lorenz wieder. „Wo ist hier?", fragte die Schildkröte. Lorenz

Wenn Sie Interesse haben,

die Verzeichnisse aus dem **ISENSEE VERLAG** zu erhalten, schicken Sie uns diese Karte einfach umseitig ausgefüllt zurück.
Bitte kreuzen Sie Ihre Interessensgebiete an (Mehrfachnennungen sind selbstverständlich möglich):

- ☐ Regionalliteratur Oldenburg/Ostfriesland
  (Bücher aus allen Themen der Region Weser-Ems)
- ☐ Archäologie
- ☐ Niederdeutsche Literatur
- ☐ Belletristik und Lyrik
- ☐ Kunst

Besuchen Sie auch unsere Homepage: www.isensee.de · verlag@isensee.de

bitte
ausreichend
frankieren

Isensee Verlag
Haarenstraße 20

26122 Oldenburg

Absender/in

Diese Karte habe ich dem nachstehend
aufgeführten Band entnommen:

Buchbestellungen bitte an Ihre Buchhandlung

streckte eine seiner Tatzen aus und berührte wieder Erwins Panzer. „Wir gehen jetzt zusammen los", sagte Erwin, „halt mich fest, damit wir uns nicht gleich wieder verlieren." Lorenz hielt die eine Tatze auf dem Panzer der Schildkröte, was angesichts des Größenunterschiedes der beiden Freunde gar nicht so leicht war. Er musste gebückt laufen.

Der Geruch wurde intensiver. Lorenz streckte seine zweite Tatze aus und fühlte plötzlich etwas. Offenbar handelte es sich um eine Schale mit Obst. Er befühlte die einzelnen Gegenstände: Bananen, Äpfel, Mandarinen, auch kleine Kiwis und Weintrauben schienen dabei zu sein. „Obst", sagte der kleine Bär und stopfte sich einige Trauben in den Mund. „Wir sollen die Gegenstände finden und nicht aufessen", erinnerte ihn die Schildkröte. Lorenz klemmte sich die Schale unter den Arm, dann gingen sie langsam weiter.

Sie tasteten sich einige weitere Meter durch die Dunkelheit. Plötzlich bemerkten sie einen leichten Temperaturunterschied. Es schien ein ganz klein wenig kälter zu werden. Weil er keine Tatze mehr frei hatte, streckte der kleine Bär eines seiner Beine vorsichtig aus und zog es gleich darauf mit einem leisen Aufschrei zurück. „Hier ist Eis", stellte er fest. „Dann sammel es ein", riet Erwin. Das war leichter gesagt als getan. Lorenz stellte die Schale mit Obst auf dem Fußboden ab, ging in die Hocke, kramte mit einer Tatze die Eiswürfel zusammen, die auf dem Boden ausgestreut waren, suchte mit der anderen Tatze nach der Obstschale und füllte, nachdem er sie gefunden hatte, die Eiswürfel hinein. Allerdings hatte er für diese Prozedur die Schildkröte loslassen müssen. „Wo bist du?", fragte Lorenz. „Hier", antwortete Erwin. Die Stimme war ganz nahe, und schon stolperte der kleine Bär zum dritten Mal über die Schildkröte. Ein paar der Eiswürfel klöterten auf die Erde. „Aua", rief Lorenz wieder. Dann gingen sie vorsichtig weiter.

Sie waren kaum zehn Schritte gegangen, da war es an Lorenz, „aua" zu sagen. Er war gegen eine Wand gelaufen. Erneut waren einige Eiswürfel aus der Schale gepurzelt, und auch eine Banane hatte sich selbstständig gemacht. „Hier ist eine Wand", bemerkte der kleine Bär. „Gut", entgegnete Erwin, „dann tasten wir uns daran entlang. Vielleicht finden wir auf diese Weise den dritten Gegenstand oder wenigstens den Ausgang." „Wir müssen uns sowieso beeilen, allmählich tauen nämlich die Eiswürfel auf", sagte Lorenz. An der Stelle, an der sich der kleine Bär die Schale unter den Arm geklemmt hatte, war sein Fell bereits ganz nass.

An der Wand entlang ging es vergleichsweise schnell voran. „Hier ist etwas", sagte der kleine Bär nach einigen Meter. Er stellte die Schale, in der die Eiswürfel inzwischen fast komplett aufgetaut waren, vorsichtig auf den Boden. Wasser schwappte über den Rand der Schale. Lorenz tastete über die Wand und hatte plötzlich eine Türklinke in der Tatze. „Hey", rief er freudig, „ich glaube, ich habe den Ausgang gefunden." Er drückte die Türklinke herunter und stieß die Tür auf. Plötzlich durchflutete gleißend helles Licht den Raum. Der kleine Bär und die Schildkröte kniffen die Augen zu, weil das Licht sie blendete. Dann hörten sie die Stimme des Flaschengeistes.

„Hallo Freunde", sagte er, „wie fühlt man sich in absoluter Dunkelheit?" „Nicht besonders gut", antwortete der kleine Bär, der inzwischen die Augen geöffnet hatte. Der Flaschengeist trug wieder seine Sonnebrille. „Außerdem haben wir nur zwei der Gegenstände gefunden", sagte Erwin, „die Schale mit Obst und die Eiswürfel." Der Flaschengeist winkte ab. „Keine Sorge, ihr habt alle drei gefunden", entgegnete er, „der dritte Gegenstand war nämlich die Tür." Erwin und Lorenz sahen sich verdutzt an.

„Ich wollte euch mit dieser Aufgabe zeigen, dass man mitunter alle seine Sinne gebrauchen muss, um zum Ziel zu gelangen", erklärte der Flaschengeist. „Darf ich mir noch einen Apfel nehmen?", fragte der kleine Bär, der die Obstschale immer noch in den Tatzen trug. „Klar", antwortete der Flaschengeist, „im Übrigen habt ihr die Aufgabe gemeistert". Der Geist schnippte beiläufig mit dem Finger. Lorenz hatte sich gerade noch einen Apfel und eine Mandarine greifen können, bevor die Schale verschwand. „Seid ihr bereit für die nächste Prüfung?", fragte der Flaschengeist. Lorenz schluckte ein Stück Apfel herunter und antwortete: „Ja."

„Dann tretet einen Schritt vor", sagte der Geist, „und schreitet durch die achtzehnte Pforte."

18 Der höfliche Friedolin

„Plopp!", machte es. Und der kleine Bär und die Schildkröte standen inmitten eines gewaltigen Maisfeldes. So weit das Auge reichte, sah man nichts als Mais. Die beiden Freunde befanden sich auf einem Weg. Links und rechts von ihnen ragten stattliche Maispflanzen in die Höhe. Plötzlich hörten Erwin und Lorenz ein Brummen und Dröhnen und sahen eine Staubwolke am Ende des Weges. Da kam irgendwer oder irgendetwas auf sie zugefahren. Aus der Staubwolke schälte sich nach kurzer Zeit ein grasgrüner Trecker mit großen Rädern heraus, auf dem – mit einem Strohhut auf dem Kopf und einer Latzhose bekleidet – der Flaschengeist saß. „Das Maisfeld ist zu groß, um es abzulaufen", sagte er zur Begrüßung, „los, springt auf den Trecker. Wir fahren ein kleines Stück."

Erwin und Lorenz erklommen den riesigen Traktor und nahmen neben dem Geist auf einer Sitzbank Platz. Von hier oben hatten sie einen guten Überblick. Das Maisfeld war tatsächlich gewaltig groß. Am Horizont sahen sie ein Gebäude, das wohl dem Farmer gehörte. Um das Haus von Bauer Harms handelte es sich nicht, denn das hatte anders ausgesehen. „Ein beachtliches Maisfeld, nicht wahr?", sagte der Geist, der schon wieder die Gedanken der beiden Freunde zu lesen schien. „Allerdings", antwortete Erwin. Lorenz nickte nur und ließ seinen Blick über das grüne Meer aus Mais schweifen. „Aber wie ihr euch vermutlich schon denken könnt, hat der Farmer einige Sorgen", nahm der Geist den Faden wieder auf, „ihr werdet es gleich erleben."

Sie ratterten weiter, vorbei an den dicht an dicht stehenden Maispflanzen. Doch plötzlich sahen sie, was der Geist meinte. An der Stelle, auf die sie zusteuerten, waren die Pflanzen ratzekahl abgefressen – und das, obwohl mitten auf dem Feld eine große Vogelscheuche stand. Sie war mit einem Strohhut und einem makellosen schwarzen Frack bekleidet. „Krähen", sagte der Flaschengeist nur und zeigte zuerst auf die Strunken, die grotesk in die Höhe ragten, und dann in den Himmel. Dort kreiste ein ganzes Heer von schwarzen Vögeln in der Luft. Und der kleine Bär und die Schildkröte hatten den Eindruck, dass sie lächelten.

„Aber dort steht doch eine Vogelscheuche", sagte Lorenz. „Wartet's ab", entgegnete der Flaschengeist und stellte den Motor des Traktors ab. Das Dröhnen war kaum verstummt, da wurden die Krähen auch schon aktiv. Ein Teil von ihnen begann damit, an den Maispflanzen zu picken und zu zupfen. Andere Krähen setzten sich auf die Schultern und Arme der Vogelscheuche und krächzten munter.

Die Vogelscheuche schlug die Augen auf und schien sich mit den Krähen zu unterhalten. „Meine Herren", sagte sie zu den Vögeln, „dürfte ich Sie freundlichst bitten, das Maisfeld zu verlassen und sich anderweitig zu verköstigen?" Die Krähen krächzten durcheinander. „Sicherlich", entgegnete die Vogelscheuche, „aber es ist nun mal leider so, wie ich mir in aller Höflichkeit anzumerken erlaube, dass der Farmer höchst unerfreut ist und daher..."

„Hä?", fragte der kleine Bär. „Genau das ist das Problem", antwortete der Flaschengeist, „Friedolin ist einfach eine zu höfliche Vogelscheuche, um die Krähen zu verscheuchen. Deshalb ist hier alles kahl gefressen. Passt mal auf, was gleich passiert." Der Geist hob die Hand zum Gruß. „Guten Morgen, Friedolin", sagte er. Erst jetzt bemerkte die Vogelscheuche den Geist und die beiden Freunde. „Oh, guten Morgen", bemerkte Friedolin, „ich bitte vielmals um Entschuldigung. Ich hatte gar nicht bemerkt, dass Besuch angekommen ist. Darf ich mich vorstellen?" Die Vogelscheuche verbeugte sich galant. „Meine Name ist Friedolin, und ich möchte Sie herzlich willkommen heißen in meinem bescheidenen kleinen Maisfeld. Besucher sind mir stets eine Freude. Darf ich mir erlauben, Ihnen eine kleine Führung durch das Feld anzubieten? Oder möchten Sie vorher lieber eine kleine Erfrischung zu sich nehmen?"

„Nein, vielen Dank", antwortete der Flaschengeist und wandte sich dann leise an die beiden Freunde: „Der macht mich wahnsinnig mit seiner Höflichkeit. Friedolin ist eine Vogelscheuche aus bestem Hause, aber er übertreibt es mit seinen guten Manieren". Erwin und Lorenz nickten bestätigend. „Seht zu, dass ihr ihn irgendwie dazu bringt, seinen Job zu machen. Der Farmer ist langsam so sauer, dass er schon überlegt, Friedolin zu entlassen." Der Flaschengeist klatschte in die Hände und war mitsamt dem Trecker verschwunden.

„Eine Vogelscheuche, die zu höflich ist, um die Krähen zu vertreiben", fasste der kleine Bär zusammen, „Sachen gibt's." „Wundert dich das etwa

noch?", fragte Erwin. „Nicht wirklich", entgegnete der kleine Bär resignierend, „was wollen wir machen?" „Am besten reden wir erst mal mit ihm", meinte die Schildkröte. Sie gingen zu der Vogelscheuche und stellten sich vor. „Guten Tag", sagte Erwin, „wir sind Lorenz und Erwin." „Oh, was für hübsche Namen", entgegnete Friedolin umgehend, „ich möchte noch einmal betonen, dass mir Besucher stets herzlich willkommen sind und dass..." „Schon gut", unterbrach Erwin die Vogelscheuche, die bestimmt pikiert war, dass die Schildkröte sie nicht hatte ausreden lassen. Aber Friedolin war natürlich viel zu höflich, um es sich anmerken zu lassen. „Wir sind hier, weil die Krähen das komplette Feld abfressen und der Farmer das gar nicht lustig findet", redete Erwin weiter, „können Sie nicht irgendetwas dagegen tun?"

Jetzt war die Vogelscheuche wirklich ein wenig angesäuert. „Oh nein", sagte sie, „meine guten Manieren verbieten es mir, die freundlichen Vögel zu vertreiben. Ich kann sie höflich bitten, aber das ist auch alles. Im Übrigen haben wir schon viele anregende Gespräche geführt, und es steht mir als einer Vogelscheuche aus bestem Hause doch nicht an, die netten Krähen zu vertreiben." Friedolin deutete schon wieder eine Art Verbeugung an und schnippte sich dann ein winziges Staubkörnchen vom Ärmel. Eine der Krähen schreckte auf. „Oh Verzeihung", sagte Friedolin schnell, „es war nicht meine Absicht, Sie aufzuschrecken."

„So kommen wir nicht weiter", bemerkte Lorenz, der die kleine Szene amüsiert beobachtet hatte. „Allerdings nicht", entgegnete Erwin, „da müssen wir wohl schwerere Geschütze auffahren." „Geschütze?", fragte der kleine Bär entgeistert. „Nimm doch nicht alles so wörtlich", antwortete die Schildkröte, „wir wollen Friedolin nicht abschießen, wir müssen ihn in Rage bringen." „Ach so", sagte der kleine Bär, „gute Idee, dann vergisst er vielleicht seine Höflichkeit und verscheucht endlich die Krähen." „Ganz genau", entgegnete Erwin, und sie wandten sich wieder Friedolin zu.

„Hör mal, Vogelscheuche", sagte Erwin, „wenn du so weiter machst, fressen dir die Krähen noch den Strohhut an." „Wie bitte?", entgegnete Friedolin, „ich muss doch sehr bitten, meine Herren." „Nix da, bitten", ging der kleine Bär dazwischen, „du bist als Vogelscheuche doch völlig nutzlos. Die Krähen verputzen das ganze Maisfeld, und du stehst hier rum und raspelst Süßholz." Erwin und Lorenz mussten sich überwinden, um so unhöflich zu dem freundlichen Friedolin zu sein, aber es half ja nichts. Sie konnten nur hoffen, dass die Vogelscheuche sie irgendwann verstehen würde. „Genau", schimpfte Erwin weiter, „wenn ich der Farmer wäre, ich würde dich hochkant vor die Tür setzen. Wer braucht schon eine Vogelscheuche aus bestem Hause? Wir pfeifen auf deine guten Manieren."

Das war eindeutig mehr, als selbst die höflichste Vogelscheuche hinnehmen konnte. Friedolin explodierte geradezu. Er ließ eine wahre Schimpfkanonade auf die beiden Freunde los und fuchtelte wie wild mit den Armen. Sämtliche Krähen flatterten aufgeregt in die Luft und suchten das Weite. Erwin zwinkerte Lorenz zu. Der kleine Bär streckte den Daumen in die Luft. Geschafft! Im selben Moment erschien der Flaschengeist mit seinem Trecker.

„Oha", sagte der Geist, „der ist ja mächtig in Fahrt. Und es ist weit und breit keine Krähe mehr in Sicht. Der Farmer wird sich freuen." Im Hintergrund zeterte die Vogelscheuche noch immer. Erwin und Lorenz sahen gar nicht glücklich aus. „Die Krähen sind zwar weg", sagte der kleine Bär, „aber wir haben ein ganz schlechtes Gewissen, dass wir den freundlichen Friedolin so ausgezählt haben." Der Geist ließ den Motor des Treckers wieder an. „Das braucht ihr nicht. Friedolin wird sich schon wieder beruhigen", sagte er, „manchmal heiligt der Zweck eben die Mittel."

Tatsächlich war Friedolin inzwischen bereits damit beschäftigt, seine Kleidung zu sortieren und sich den Strohhut, den er vor Wut auf die Erde geschmissen hatte, wieder auf seinen Kopf zu setzen. „Seht ihr?", sagte der Flaschengeist. Jetzt strahlten Erwin und Lorenz. Friedolin würde sich schnell berappelt haben, und die Krähen hatten einen so gehörigen Schreck bekommen, dass sie sich künftig wohl andernorts die Bäuche voll schlagen würden.

„Seid ihr bereit für die nächste Prüfung?", fragte der Flaschengeist. Die beiden Freunde nickten. „Dann tretet einen Schritt vor und schreitet durch die neunzehnte Pforte."

19 Die Rutschpartie

„Plopp!", machte es. Vor den Nasen des kleinen Bären und der Schildkröte tanzten weiße Atemwölkchen in der Luft. Die beiden Freunde hatte es erneut in kalte Gefilde verschlagen. Erwin und Lorenz sahen sich um. Sie erblickten verschneite Berge und Hügel, gesäumt von hohen Tannen, deren Äste und Zweige ebenfalls mit Schnee bedeckt waren. Der Flaschengeist stand in einem Skianzug an einer hölzernen Bude und trank einen heißen Glühwein. „Prost", sagte er, „ist es nicht herrlich hier?" „Schon", antwortete Erwin, „aber wir werden doch wohl nicht etwa Ski fahren müssen?" Der Geist nippte an seinem Glühweinglas. „Nicht direkt", sagte er, „aber mir ist da eine ziemlich dumme Sache passiert." Erwin schwante nichts Gutes. Der Geist trank sein Glas in einem Zug aus und sagte: „Kommt mit. Ich zeig's euch."

Sie wanderten durch die verschneite Landschaft, bis sie an ein breites Eisfeld gelangten, das tückischerweise auch noch abschüssig war. „Ihr müsst wissen, dass Ski fahren eine meiner großen Leidenschaften ist", sagte der Geist, „leider sind mir meine Bretter abhanden gekommen. Ich hatte sie vorhin hier abgestellt. Dann müssen sie wohl irgendwie den Abhang hinuntergerutscht sein. Ob ihr wohl mal nachsehen könntet?" Die Antwort wartete der Geist gar nicht erst ab. „Ich geh' noch einen trinken. Wir sehen uns", sagte er, „und danke auch." Dann war er verschwunden.

„Na toll", sagte Erwin, „der vermasselt seine Skier, und wir müssen die Suppe wieder einmal auslöffeln." „Kann doch so schlimm nicht sein", entgegnete Lorenz. Plötzlich tauchte neben ihnen der Geist wieder auf. „Ich vergaß zu erwähnen, dass das Feld wirklich sehr abschüssig und sehr glatt ist. Und es hat auch einige..., wie soll ich sagen? ... einige etwas merkwürdige Eigenschaften. Na ja, ihr macht das schon." Ehe Erwin und Lorenz etwas erwidern konnten, war der Flaschengeist schon wieder verschwunden.

„Was meint er wohl mit ‚merkwürdige Eigenschaften'?", fragte der kleine Bär. „Ich fürchte, wir werden es früh genug erleben", antwortete Erwin. Vor sich sahen sie das Eisfeld liegen. Es bestand keine Chance, einfach herunterzuspazieren und die Skier zu suchen. Dafür war die spiegelglatte Fläche einfach zu steil. Möglichkeiten, links oder rechts an dem Feld vorbeizugehen, gab es auch keine. Denn dort erhoben sich mächtige Felswände in die Höhe. Lorenz setzte einen Fuß auf das Eis, verlagerte das Gewicht nach vorne – und schon landete er auf dem Hinterteil. Zum Glück war der kleine Bär gut gepolstert, so dass er sich nicht wehgetan hatte.

Lorenz sah sich um. Er konnte weit und breit nichts entdecken, dass ihnen hätte helfen können, das Eisfeld hinabzusteigen. Plötzlich hatte er eine Idee. „Sag mal", wandte sich der kleine Bär vorsichtig an die Schildkröte, „dein Panzer ist doch ziemlich dick und stabil, oder?" Erwin verzog das Gesicht. „Oh nein", sagte er, „ich ahne, was du vor hast." „Es gibt aber keine andere Möglichkeit", entgegnete Lorenz. Das musste wohl oder übel auch die Schildkröte einsehen. „Also gut", sagte sie, „aber fahr bloß vorsichtig."

Erwin zog seine Füße und seinen Kopf ein. „Los, dreh mich auf den Rücken", hörte der kleine Bär die Stimme seines Freundes aus dem Inneren des Panzers. Lorenz drehte die Schildkröte um, setzte sich vorsichtig auf sie und stieß sich ab. Schon ging die wilde Fahrt los.

Erwin erwies sich als ein wunderbarer Schlitten, der sich sogar ein wenig lenken ließ, wenn Lorenz das Gewicht verlagerte oder mit den Füßen nachhalf. Doch sie wurden immer schneller. Und es dauerte nicht lange, bis die beiden Freunde auch erfuhren, was der Flaschengeist mit „merkwürdige Eigenschaften" gemeint hatte. Vor dem kleinen Bären tauchte aus dem Nichts ein Slalomparcours auf. Lorenz raste geradewegs auf das erste Tor zu und schaffte es gerade eben, es zu umfahren. Aber schon nahte das nächste Tor. Der kleine Bär verlagerte seinen Oberkörper nach links, zog an Erwins Panzer. „He, vorsichtig", beschwerte sich die Schildkröte. Haarscharf fuhren sie an dem zweiten Tor vorbei.

Es folgten noch sechs weitere Tore. Inzwischen hatte der Bär eine gewisse Übung darin, seinen Schildkrötenschlitten zu lenken, und er meisterte alle Tore, wenn auch knapp. Doch plötzlich gab das Eisfeld eine weitere Kostprobe seiner merkwürdigen Eigenschaften. Es veränderte wie von Zauberhand seinen Neigungswinkel und wurde noch steiler. Im nächsten Moment ging es plötzlich bergauf. Die Fahrt des kleinen Bären und der Schildkröte wurde abgebremst, sie schafften es eben, über eine Kuppe zu schlittern, doch dahinter fiel die Eisfläche erneut so stark ab, dass die Freunde im Nu wieder ein rasendes Tempo annahmen. Das Eisfeld war wie eine Achterbahn – mit dem Unterschied, dass der kleine Bär nicht in einer Gondel saß und auf Schienen fuhr, sondern auf einer Schildkröte.

Endlich sah Lorenz das Ende des Feldes. Jetzt musste er „nur" noch bremsen. Er streckte die Beine aus, versuchte seine Krallen ins Eis zu rammen, doch sie fanden keinen Halt. Der kleine Bär zog erneut an der Schildkröte, sie beschrieben eine rasante Kurve und rasten mitten in eine Schneeverwehung, die ihrer Fahrt ein jähes Ende setzte. Lorenz purzelte von der Schildkröte und rollte einige Meter durch den Schnee. Erwin überschlug sich dreimal, kullerte wie ein verunglückter Fußball noch ein Stück weiter und kam endlich zum Stehen. Vorsichtig streckte er seinen Kopf aus und sagte „puh!".

Lorenz war genau neben den Skiern im Schnee gelandet. „Hab sie", rief er vergnügt. Offensichtlich hatte ihm die Rutschpartie auch noch Spaß gemacht. Erwin schüttelte den Kopf. Dann mussten sie beide lachen.

„Einfallsreich seid ihr wirklich, das muss man euch lassen", sagte der Flaschengeist, der plötzlich neben den beiden Freunden im Schnee stand, „alles heil geblieben?" „Ich denke schon", antwortete Erwin, der inzwischen auch seine Beine wieder ausgefahren hatte. „Können wir noch mal?", fragte Lorenz begeistert. „Du spinnst wohl", entgegnete Erwin.

Der Flaschengeist nahm dem kleinen Bären die Skier ab und legte sie sich über die Schulter. „Ja ja", sinnierte er und zupfte an einem seiner giftgrünen Handschuhe, „Wintersport ist schon etwas Herrliches." Erwin sah ihn säuerlich an. Lorenz putzte sich den Schnee aus dem Fell. „Seid ihr bereit für die nächste Prüfung?", fragte der Geist schließlich. „Hilft wohl nichts", entgegnete die Schildkröte. „Dann tretet einen Schritt vor", sagte der Flaschengeist, „und schreitet durch die zwanzigste Pforte."

20 Der Zug nach Nirgendwo

„Plopp!", machte es. Der kleine Bär und die Schildkröte hörten ein schrilles Pfeifen. Verursacht hatte es der Flaschengeist, der eine Schaffnermütze und die passende Uniform dazu trug. Lorenz und Erwin waren auf einem Bahnsteig gelandet. Was sollte das nun wieder? „Vorsicht an der Bahnsteigkante", rief der Flaschengeist und ließ erneut ein Pfeifen vernehmen, „der Zug fährt in wenigen Minuten ab." Die beiden Freunde waren offenbar die einzigen Fahrgäste, jedenfalls sahen sie sonst niemanden.

Der Zug bestand nur aus einem Wagon und einer Lokomotive, aus deren Schornstein bereits Dampf quoll. Allerdings sahen sie keinen Lokführer. „Steigt ein", sagte der Geist, „ihr werdet eine kleine Fahrt unternehmen." Erwin und Lorenz kletterten in das Abteil, öffneten eines der Fenster und lehnten sich heraus. „Wo fahren wir denn hin?", fragte der kleine Bär den Flaschengeist, der noch immer auf dem Bahnsteig stand. Der Geist deutete nur auf eine große Anzeigentafel, auf der im selben Moment die Aufschrift „Nirgendwo" erschien. Dann pfiff er noch einmal laut und verschwand ohne ein weiteres Wort.

„Hast du das gelesen?", fragte der kleine Bär, nachdem er das Zugfenster wieder geschlossen und sich neben Erwin auf die dick gepolsterte Bank gesetzt hatte. „Hab' ich", entgegnete die Schildkröte, „und ich bin gespannt, in welchen Schlamassel wir jetzt wieder geraten." Sie hörten ein Rattern und Stampfen, und der Zug setzte sich langsam in Bewegung. „Liebe Fahrgäste, wir heißen Sie herzlich willkommen im Zug nach Nirgendwo. Genießen Sie die Fahrt", hörten sie plötzlich eine Stimme. Sie kam aus einem Lautsprecher und gehörte dem Flaschengeist. „Zug nach Nirgendwo?", fragte Lorenz, nachdem die Lautsprecherstimme verklungen war, „wo ist denn Nirgendwo?" Erwin überlegte. „Tja", sagte er schließlich, „nirgendwo ist…äh, na ja, eben nirgendwo. Meine Güte, woher soll ich das wissen? Frag' mich nicht so schwere Sachen." Der kleine Bär kicherte. Sollte es tatsächlich etwas geben, was die schlaue Schildkröte nicht wusste? Sehr beruhigend fand er die Antwort allerdings nicht. „Und was ist, wenn wir nirgendwo ankommen?", fragte er. „Das würde gleichzeitig bedeuten, dass wir nie ankommen", überlegte Erwin. „Aber dann würde diese Zugfahrt ja ewig dauern", entgegnete der kleine Bär. In seinem Kopf rauschten die Gedanken durcheinander.

Der Zug hatte den Bahnhof inzwischen verlassen. Sie fuhren durch eine Landschaft, die ihnen völlig unbekannt vorkam. Der kleine Bär sah aus dem Fenster. Plötzlich sah er viele andere Züge, die scheinbar ziellos in alle möglichen Richtungen fuhren. „Hä?", fragte Lorenz, „wo kommen denn auf einmal all die Züge her?" Erwin blickte ebenfalls aus dem Fenster. „Welche Züge?", entgegnete er entgeistert, „wir fahren doch durch eine verschneite Winterlandschaft." Der kleine Bär sah seinen Freund verdutzt an. „Winterlandschaft?", sagte er, „da draußen sind doch nur Züge, die durch die Dunkelheit fahren." Jetzt war die Verwirrung komplett. Erwin und Lorenz blickten durch das gleiche Fenster, aber sie sahen völlig unterschiedliche Dinge.

„Denk mal an etwas ganz Bestimmtes", sagte Erwin plötzlich. „An was denn?", fragte Lorenz, der inzwischen gar nichts mehr verstand. „Ganz egal", antwortete die Schildkröte, „an irgendwas eben." Der kleine Bär versuchte sich zu konzentrieren. Auf einmal tauchten vor dem Fenster ein Strand und ein Meer auf. Im Vorbeifahren sah Lorenz eine Flasche im Sand liegen. „Was siehst du?", drängelte die Schildkröte. „Einen Strand", antwortete Lorenz, „und eben lag eine Flasche im Sand." „Und woran hast du gerade gedacht?", bohrte Erwin weiter. „An unseren Spaziergang heute Morgen, und daran, wie wir den Flaschengeist getroffen haben", sagte Lorenz.

Erwin leistete sich einen ungewohnten Gefühlsausbruch: Er klatschte in die Hände. „Das ist die Lösung des Rätsels", sagte er begeistert, „als wir losfuhren, hast du an Züge gedacht und deshalb draußen Züge gesehen. Und ich hab' an unser Abenteuer auf dem Eisfeld gedacht, deshalb sah ich die Winterlandschaft. Der Zug nach Nirgendwo zeigt uns unsere Gedanken". Lorenz staunte, und Erwin platzte bald vor Stolz über seine eigene Schläue. „Ich verstehe kein Wort", sagte der kleine Bär. „Ist doch ganz einfach", startete die Schildkröte einen zweiten Erklärungsversuch, „wir sehen durch das Zugfenster genau das, woran wir gerade denken." Erwin überlegte scharf. „Und damit kann ich dir auch die Frage beantworten, wo Nirgendwo ist", sagte er. „Jetzt bin ich aber mal gespannt", entgegnete der kleine Bär. „Nirgendwo ist überall", sagte die Schildkröte feierlich, „wir können uns hindenken, wohin auch immer wir wollen. Wir müssen nur beide an das Gleiche denken, sonst gibt's Kuddelmuddel." Erwin lehnte sich entspannt zurück. „Eine tolle Prüfung", schwärmte er, „das ist ja pure Philosophie."

„Philo-was?", fragte der kleine Bär. „Ach, vergiss es", antwortete die Schildkröte, „wo möchtest du am liebsten hin?" „Zurück", entgegnete Lorenz, „die ganze Sache ist mir unheimlich. Und außerdem versteh' ich nur Bahnhof." Die Schildkröte klatschte schon wieder begeistert in die Hände. „Bahnhof ist perfekt", sagte sie, „denk einfach an den Bahnhof, von dem wir losgefahren sind."

Lorenz kniff die Augen zu und dachte ganz fest an den Bahnsteig, die Anzeigentafel und den Flaschengeist in seiner Schaffneruniform. Erwin konzentrierte seine Gedanken ebenfalls auf den Bahnhof. Und kurze Zeit später waren sie auch schon wieder an ihrem Ausgangsort angelangt. „Kannst die Augen aufmachen", sagte Erwin, „wir sind wieder auf dem Bahnhof." Der kleine Bär öffnete die Augen, blickte aus dem Fenster und staunte Bauklötze. „Versteh' ich nicht", sagte er. „Macht nichts", entgegnete Erwin und winkte dem Flaschengeist zu, der auf dem Bahnsteig wartete.

Sie kletterten aus dem Abteil. „Klasse Zug, oder?", fragte der Flaschengeist. „Einmalig", entgegnete Erwin begeistert. Lorenz stand ein wenig teilnahmslos daneben. Die Geschichte war ihm immer noch nicht ganz geheuer.

Der Geist blies noch einmal in seine Pfeife. Der Zug löste sich vor den Augen des kleinen Bären und der Schildkröte in Nichts auf. Der Geist überlegte kurz. „Vielleicht pfeif ich ihn mir gleich noch mal zurück und dreh noch eine Runde", sagte er, „vorher muss ich euch aber die obligatorische Frage stellen." Lorenz und Erwin wussten, was nun kam. „Seid ihr bereit für die nächste Prüfung?" Sie nickten. „Dann tretet einen Schritt vor", sagte der Geist, „und schreitet durch die einundzwanzigste Pforte."

21 Der waghalsige Waldemar

„Plopp!", machte es. Lorenz und Erwin hörten Musik, und in der Luft lag der Geruch von Sägespänen. Sie standen in einem großen Zirkuszelt aus rot-gelb gestreiften Planen. In der Mitte befand sich die Manege. Um sie herum waren die Tribünen für die Zuschauer angeordnet. Die Plätze waren allerdings allesamt leer. „Prima, ein Zirkus", freute sich der kleine Bär und setzte ein breites Grinsen auf.

Die Kapelle spielte einen Tusch. Im selben Moment erfasste ein Scheinwerfer den Flaschengeist, der einen glitzernden Zylinder und einen mit Pailletten verzierten roten Frack trug. „Herrrreinspaziert", rief der Geist mit rollendem R, „Menschen, Tiere, Sensationen. Treten Sie näher, meine Damen und Herren. Noch gibt es Karten für den großen Zirkus Ghostcalli. Herrrreinspaziert!"

Der Scheinwerfer erlosch wieder. „Nicht viel los heute", sagte der Flaschengeist mit Blick auf die leeren Ränge zu Lorenz und Erwin. „Schade", entgegnete der kleine Bär, „wann geht denn die Vorstellung los? Ich bin schon ganz gespannt." Erwin sagte gar nichts. Er blickte in die Manege, in der allerlei Utensilien aufgebaut war. Unter anderem sah er ein Hochseil. Und mitten auf dem Hochseil stand ein Kamel.

Der Flaschengeist nahm seinen Zylinder ab. „Ich fürchte, vorerst geht die Vorstellung gar nicht los. Den waghalsigen Waldemar hat nämlich der Mut verlassen." Lorenz sah den Geist an. „Wer ist denn der waghalsige Waldemar?", fragte er. Der Flaschengeist deutete auf das Kamel, das hoch oben unter der Zirkuskuppel stand und einen ziemlich unglücklichen Eindruck machte. „Der waghalsige Waldemar ist unsere große Attraktion", erklärte der Geist, „welcher Zirkus hat schon ein Kamel, das über ein Drahtseil tanzt? Das Problem ist, dass Waldemar die Nummer noch nie vor Publikum gebracht hat. Und jetzt hat er furchtbares Lampenfieber und traut sich nicht, weiterzugehen."

„Aber es ist doch gar kein Publikum da", wandte Lorenz ein. „Noch nicht", entgegnete der Flaschengeist, „aber das ist nun wirklich unser kleinstes Problem." Er klatschte in die Hände. Plötzlich waren die Ränge voll besetzt mit Zuschauern, die alle gespannt zur Zirkuskuppel blickten. Waldemar begann zu zittern und drohte das Gleichgewicht zu verlieren. „Oh oh", sagte der Flaschengeist, „ich glaube, ich lass' die Leute vorerst lieber wieder verschwinden." Er klatschte erneut in die Hände, und schon waren die Tribünen wieder so leer wie zuvor. Noch in der Manege hörte man, wie Waldemar in luftiger Höhe aufatmete.

„Es hilft nichts", sagte der Flaschengeist schließlich, „einer von euch muss da hoch und Waldemar helfen. Vielleicht probieren wir es erst mal mit ein bisschen Publikum." Der Geist klatschte zum dritten Mal in die Hände, und die Tribünen füllten sich mit vereinzelten Zuschauern. „Ich mach's nicht", sagte Erwin und legte einen entschlossenen Gesichtsausdruck auf, „keine Chance. Ich bin nicht schwindelfrei." Lorenz schätzte die Höhe ab, in der das Kamel mit wackeligen Beinen auf dem Seil stand. Das waren mindestens 30 Meter. Kein Baum, auf den er jemals geklettert war, war so hoch gewesen. „Egal", sagte der kleine Bär mutig, „ich werde es versuchen." Der Geist setzte seinen Zylinder wieder auf. „Prima", sagte er, „dann kann's ja losgehen. Allerdings gibt es noch einen kleinen Haken. Auf das Hochseil kommt man nämlich nur, wenn man vorher den Artistenparcours bewältigt hat." Lorenz sah den Geist fragend an. „Du wirst es schon sehen", sagte der Flaschengeist. „Herrreinspaziert!", rief er erneut. Dann war er verschwunden.

Lorenz betrat die Manege. Die Kapelle spielte wieder einen Tusch. Die ersten Zuschauer applaudierten. Und der kleine Bär merkte, dass er einen Kloß im Hals hatte. Trotzdem marschierte er tapfer weiter, bis er zu einem Ring kam, der auf einem Ständer aus dem Manegenboden ragte. Lorenz blickte zu Erwin herüber. Der zuckte nur mit den Schultern. Im nächsten Moment züngelten rund um den Ring hell lodernde Flammen. Erschrocken wich der Bär zwei Schritte zurück. Feuer war ihm noch nie geheuer gewesen. Doch die Zuschauer applaudierten schon wieder. „Hilft ja nichts", murmelte der kleine Bär, nahm Anlauf – und sprang in einem großen Satz mitten durch den Ring. Tosender Beifall brandete durch das Zirkuszelt.

Lorenz verbeugte sich kurz und genoss sichtlich den Applaus. Dann ging er einige Schritte weiter und war plötzlich von einem hohen Käfig umgeben. Ein gewaltiger, gefährlich aussehender Löwe kam genau auf ihn zugeschlichen. Was nun? Dem kleinen Bären fiel in der Angst, die ihn beschlich, nichts besseres ein, als auf eines der Podeste zu deuten, die in dem Käfig standen, und „Sitz!" zu rufen. Brav trollte sich der Löwe und setzte sich auf das Podest. Lorenz war so verdutzt, dass er den Beifall, den das Publikum erneut lautstark spendete, kaum mitbekam.

Der Käfig mitsamt Löwe und den Podesten löste sich vor seinen Augen auf, und ohne Vorwarnung stand der kleine Bär mit dem Rücken vor einer mit glitzernden Sternen verzierten großen Scheibe. Die Kapelle spielte ihren dritten Tusch, und wie aus dem Nichts kamen spitze Dolche auf den Bären zugeflogen und bohrten sich Millimeter neben seinem Körper ins Holz der Scheibe.

Als der Applaus verklungen war, erblickte Lorenz endlich die Traverse, die zu dem Hochseil und zu Waldemar hinaufführte. Wenigstens den Artistenparcours schien er überstanden zu haben. Der kleine Bär krabbelte flink die Traverse hoch. Doch wie sollte er jetzt zu Waldemar gelangen? Vorsichtig setzte Lorenz einen Fuß auf das Drahtseil, das umgehend bedrohlich schwankte. Man hörte förmlich wie die Zuschauer unten auf ihren Plätzen die Luft anhielten. Ein Trommelwirbel erklang, Scheinwerfer flammten auf. Lorenz breitete die Arme aus, beugte den Operkörper nach vorne und setzte das zweite Bein auf das Seil. Und es funktionierte! Der kleine Bär schien der geborene Artist zu sein. Vorsichtig ging er auf dem Hochseil weiter, bis er das Kamel erreicht hatte.

Jetzt kam der schwierigste Teil. Er musste Waldemar irgendwie überreden, auch noch die restliche Strecke des Seils zu bewältigen. „Ich gehe keinen Schritt weiter", versicherte jedoch das Kamel mit zitternder Stimme, „keinen noch so winzigen Schritt. Am besten holt ihr eine lange Leiter, die Feuerwehr oder sonst irgendwen. Auf jeden Fall gehe ich nicht weiter." Das war deutlich. Der kleine Bär dachte kurz nach. „Hör mal", sagte er schließlich, „wenn ich schon über das Seil laufen kann, dann wirst du es doch wohl erst recht schaffen. Du bist schließlich der Star in diesem Zirkus. Und was meinst du, wie die Leute toben werden! Wenn du nicht gehst, werden sie dich allerdings für einen ziemlichen Feigling halten."

Waldemar drehte seinen Kopf mit einem solchen Ruck zu dem kleinen Bären, dass das Seil schon wieder schwankte. „Ich und ein Feigling? Das wollen wir doch mal sehen!" Offenbar hatte Lorenz die richtigen Worte gefunden und Waldemars Ehrgeiz entfacht. Als handelte es sich um einen breiten Weg zu ebener Erde, ging das Kamel sicher und ohne ein weiteres Wort über das Seil, bis es die zweite Traverse erreicht hatte, die zurück in die Manege führte. Der kleine Bär balancierte vorsichtig hinterher. Als er es ebenfalls geschafft hatte, brach ein Beifall los, wie ihn der Zirkus Ghostcalli noch nicht erlebt hatte.

„Junge, Junge, was für eine Show!", sagte der Flaschengeist, als Lorenz und Waldemar wieder auf sicherem Manegenboden standen, „die Leute sind völlig aus dem Häuschen." Lorenz und das Kamel sonnten sich in dem tosenden Applaus. „Schade", sagte der Geist, „für eine Zugabe ist leider keine Zeit. Bald ist Weihnachten, und es warten noch einige Abenteuer auf euch." Er klatschte wieder in die Hände, und im Zirkuszelt war es still. Die Zuschauer waren verschwunden.

„Seid ihr bereit für die nächste Prüfung?", fragte der Geist, nachdem er auch die Kapelle und den waghalsigen Waldemar weggeklatscht hatte, „dann tretet einen Schritt vor und schreitet durch die zweiundzwanzigste Pforte."

22 Der Spiegel der Wahrheit

„Plopp!", machte es. Der kleine Bär und die Schildkröte standen in einem Raum, in dem sich nichts befand, als ein großer, länglicher Gegenstand, und der war mit einem schwarzen Tuch verhüllt. „Spieglein, Spieglein an der Wand, wer ist der schönste Geist im Land", feixte der Flaschengeist und führte ein kleines Tänzchen aus. Erwin und Lorenz sahen ihn verdutzt an. „Kleiner Scherz", sagte der Flaschengeist und zog schnell das Tuch von dem geheimnisvollen Gegenstand. Zum Vorschein kam ein großer Spiegel. Zumindest schien es ein Spiegel zu sein. Allerdings sahen die beiden Freunde kein Spiegelbild. Der Spiegel war blind. Sein Rahmen war mit aufwendigen Schnitzereien verziert, wobei Erwin auffiel, dass jedes Motiv, das der Künstler geschnitzt hatte, doppelt vorkam.

Der Geist wischte über die Oberkante des Spiegels und sah sich seinen Finger an. Eine dicke Staubschicht lag darauf. „Hier muss dringend mal wieder geputzt werden", sagte er, „das könntet ihr eigentlich kurz übernehmen." Er klatschte in die Hände, und vor dem Bären und der Schildkröte tanzten plötzlich zwei Staubtücher in der Luft. „Wir sind zum Putzen hier?", fragte Erwin verwundert. „Gibt es denn keine Geisterputzfrauen?", sagte Lorenz fast im gleichen Moment. „Doch, schon", antwortete der Flaschengeist, „das Putzen ist auch nur ein Teil eurer Aufgabe. Wartet's einfach ab."

Der Geist strich erneut mit dem Finger über den Rahmen. „Hier war doch mal... ah, da ist er ja schon." Er drückte auf einen kleinen Kopf an der rechten Seite des Rahmens. In dem Spiegel war plötzlich ein leichtes grünes Schimmern zu sehen. „So", sagte der Flaschengeist, „erledigt. Wir sehen uns. Und: Vertragt euch." Mit diesen Worten verschwand der Geist.

Erwin und Lorenz gingen einmal um den Spiegel herum, um irgendeinen Hinweis darauf zu entdecken, was nun wohl passieren würde. Doch sie entdeckten nichts. „Weißt du, was das hier wieder soll?", fragte Lorenz, als sie

wieder an der Vorderseite des Spiegels standen. „Keinen Schimmer", antwortete Erwin, der damit begonnen hatte, den Rahmen abzuwischen.

„Apropos Schimmer", sagte der kleine Bär, „sieh mal, dieses grüne Schimmern scheint intensiver zu werden". „Tatsächlich", entgegnete die Schildkröte, die das Putzen eingestellt hatte und nun in den Spiegel starrte. „Da passiert was", stellte er fest.

Und es passierte tatsächlich etwas. Aus dem grünen Schimmer schälten sich plötzlich zwei Gestalten heraus, die Erwin und Lorenz nur allzu bekannt vorkamen. Es handelte sich um Erwin und Lorenz. „Das sind wir", bemerkte die Schildkröte. „Logisch", antwortete der kleine Bär, „das ist ja auch ein Spiegel." „Und warum machen unsere Spiegelbilder dann nicht die gleichen Bewegungen wie wir, du Schlaumeier?", entgegnete Erwin. Der kleine Bär stellte sich genau vor den Spiegel und winkte mit der Hand. Sein Spiegelbild sah ihn nur an. Lorenz zog eine Grimasse. Sein Spiegelbild tat gar nichts. „Komisch", sagte der kleine Bär.

Im gleichen Moment geschah es. Für den Bruchteil einer Sekunde wurde das grüne Schimmern zu einem hellen Strahlen. Und plötzlich standen die Spiegelbilder von Erwin und Lorenz mitten im Raum. „Wo sind wir jetzt denn gelandet?", fragte das Spiegelbild der Schildkröte. „Woher soll ich das wissen?", antwortete Lorenz' Spiegelbild, „frag mir doch nicht ständig Löcher in den Bauch". „Versteh ich alles nicht", sagte der falsche Erwin. „Typisch", entgegnete das Spiegelbild des kleinen Bären, „los, lass uns endlich anfangen." Die beiden Spiegelbilder hatten ebenfalls Staubtücher in der Hand, und sie begannen damit, den Rahmen zu putzen.

Der echte Lorenz sah den echten Erwin fragend an. Die Schildkröte zuckte mit den Schultern. Keiner von beiden sagte etwas. Fasziniert beobachteten sie weiter ihre Spiegelbilder, die damit beschäftigt waren, den Rahmen zu putzen. Das Spiegelbild der Schildkröte hatte schon fast eine komplette Seite des Rahmens sauber gewienert. Das Spiegelbild des kleinen Bären hingegen hatte erst eine winzige Ecke geschafft. „Mann, mach doch mal ein bisschen schneller", sagte der falsche Erwin. „Hör auf, mich zu drängen", entgegnete der falsche Lorenz, „immer diese Hektik. Ein solcher Rahmen bedarf einer sorgfältigen Pflege. Den Schnitzereien nach zu urteilen, dürfte er aus der Renaissance stammen und damit sehr alt und wertvoll sein." „Renaissance?", fragte das Spiegelbild der Schildkröte, „wo liegt das denn?" Das Spiegelbild des kleinen Bären verdrehte die Augen. „Die korrekte Frage – wenn es in diesem Zusammenhang überhaupt Anlass zu Fragen gibt – hätte heißen müssen ‚Renaissance, wann war das denn?' Es handelt sich um eine Epoche, nicht um einen Ort." „Kapier' ich nicht", sagte der falsche Erwin, „und jetzt beeil dich endlich mit dem Putzen."

Das Gekabbel der beiden Spiegelbilder ging munter weiter. „Merkst du was?", flüsterte der echte Erwin. Lorenz nickte. „Die Spiegelbilder sind wir mit vertauschten Eigenschaften", fuhr die Schildkröte fort. „Aber gehen wir denn auch so unfreundlich miteinander um?", fragte der kleine Bär. „Muss wohl" antwortete Erwin, „unsere Spiegelbilder scheinen uns zu zeigen, wie wir uns verhalten. Und das auch noch mit vertauschten Rollen. Ganz schön perfide." „Perfide?", fragte der kleine Bär. „Das bedeutet soviel wie hinterlistig oder tückisch", erklärte Erwin freundlich. „Ach so", murmelte Lorenz.

Eine Weile schwiegen die beiden Freunde und beobachteten, wie sich ihre Spiegelbilder beim Putzen des Rahmens weiter kabbelten. „Weißt du was?", sagte Lorenz plötzlich, „lass uns einen Pakt schließen. Wir versprechen uns jetzt, in Zukunft immer nett zueinander zu sein. Ich werde mich auch nie wieder darüber beschweren, dass du zu langsam bist." „Okay", antwortete Erwin, „und wenn du etwas nicht weißt, dann werde ich dich nicht tadeln, sondern es dir lieber erklären." Lorenz streckte seine Tatze aus. Erwin schlug ein. „Abgemacht", sagten sie beide wie aus einem Munde.

Im selben Moment lösten sich ihre Spiegelbilder in einen grünen Schimmer auf, der vom Spiegel eingesogen zu werden schien. Das Schimmern blitzte noch einmal zu einem hellen Leuchten auf. Und plötzlich stand der Flaschengeist wieder im Raum. „Ihr habt die Lektion verstanden, denke ich", sagte er. Erwin und Lorenz nickten. „Wir wollen in Zukunft immer ganz nett zueinander sein", sagte der kleine Bär kleinlaut. „Gut so", antwortete der Geist, „dann hat der Spiegel der Wahrheit ja seinen Zweck erfüllt." Er kramte das schwarze Tuch vom Boden auf und verhüllte damit wieder den Spiegel. „So", sagte der Geist, „Endspurt. Seid ihr bereit für die nächste Prüfung?" Die beiden Freunde nickten erneut. „Dann tretet einen Schritt vor", sagte der Geist, „und schreitet durch die dreiundzwanzigste Pforte."

23 Die Weihnachtsbäckerei

„Plopp!", machte es. Erwin und Lorenz standen auf einer gemütlich wirkenden Dorfstraße. Schneeflocken tanzten in der Luft. Die Weihnachtsbeleuchtung in den Schaufenstern der Geschäfte sorgte für eine festliche Stimmung. Nur ein Geschäft auf der anderen Straßenseite war kaum beleuchtet. „Weihnachtsbäckerei Nimmersatt" stand in großen Lettern auf der Fassade des Gebäudes, von der bereits die Farbe abblätterte.

„Komisch", sagte der kleine Bär, „warum sieht in der Weihnachtszeit wohl ausgerechnet eine Weihnachtsbäckerei so trist aus?" „Kann ich dir auch nicht sagen", entgegnete die Schildkröte. „Ich schon", sagte der Flaschengeist, der plötzlich neben ihnen in einem dicken Wintermantel und mit einer Wollmütze auf dem Kopf auf dem Gehweg stand, „weil der Inhaber des Geschäfts leider seinem Namen alle Ehre macht." „Und was bedeutet das?", fragte Lorenz. „Dass er seine ganzen Leckereien selber aufisst, anstatt sie zu verkaufen", antwortete der Flaschengeist, „deshalb ist sein Geschäft auch nicht weihnachtlich beleuchtet." Der kleine Bär blickte zu dem tristen Laden herüber. „Das ist aber schade", sagte er. Der Geist nickte mit dem Kopf. „Kommt", sagte er, „wir gehen mal rüber und sehen uns die Sache an."

Sie überquerten die verschneite Straße und klopften an die Tür der Weihnachtsbäckerei Nimmersatt. „Herein", hörten sie von drinnen eine Stimme. Allerdings war die Aufforderung kaum zu verstehen gewesen, weil der Mann, dem die Stimme gehörte, offenbar mit vollem Mund gesprochen hatte. Die beiden Freunde und der Flaschengeist traten ein und sahen sich in dem Geschäft um. Ein verführerischer Duft, der Lorenz das Wasser im Mund zusammenlaufen ließ, lag in der Luft. Doch ansonsten sah der Verkaufsraum sehr karg aus. Der Theke hätte ein neuer Anstrich gut getan, die schummerige Beleuchtung rührte von einer nackten Glühbirne her, und die Regale waren leer bis auf ein Paket Knäckebrot, das angestaubt in einer Ecke stand. Wer wollte in der Weihnachtszeit schon Knäckebrot essen?

„Langsam verstehe ich, warum es hier so ärmlich aussieht", sagte Erwin, „wenn Herr Nimmersatt seine ganzen Kuchen und Plätzchen selber aufisst, dann kann er sie nicht verkaufen und auch kein Geld verdienen." Der Flaschengeist fingerte die Packung mit Knäckebrot aus dem Regal und sah auf das Verfallsdatum. Es war bereits seit vier Jahren überschritten.

„Genau das ist das Problem", antwortete der Flaschengeist auf die Feststellung der Schildkröte, „Herr Nimmersatt wird bald kein Geld mehr haben, um Zutaten zu kaufen." „Dann muss er womöglich verhungern", entgeg-

nete der kleine Bär bestürzt. „Na ja", antwortete der Geist, „der hat einiges zuzusetzen. Aber womöglich wird er dann seinen Laden aufgeben müssen, und dann werden die Leute nie wieder in den Genuss seiner berühmten Plätzchen kommen." Der Flaschengeist deutete auf eine Tür. „Dort findet ihr Herrn Nimmersatt. Vielleicht könnte ihr ihn dazu bringen, nicht mehr alles aufzuessen, was er backt". Der Flaschengeist stellte das Knäckebrot wieder ins Regal – und verschwand.

Erwin und Lorenz gingen durch die Tür und gelangten in die Backstube. Herr Nimmersatt stand an einem Tisch und knetete Teig. Er war fast so kugelrund wie kürzlich der pummelige Pirat, und seine Schürze war über und über mit Mehl bestreut. „Guten Tag", sagten Erwin und Lorenz. „Guten Tag", entgegnete Herr Nimmersatt und steckte sich eines seiner Plätzchen in den Mund, die goldgelb gebacken auf einem Blech neben ihm lagen. „Zu verkaufen hab' ich nichts, aber ihr könnt gerne eine Weile zusehen", bot der Bäcker den beiden Freunden an.

Das taten Lorenz und Erwin dann auch. Und sie stellten fest, dass sich Herr Nimmersatt immer dann, wenn er aus dem Teig ein Plätzchen ausgestochen hatte, eines von den fertigen Plätzchen in den Mund stopfte. „So kann der ja zu nichts kommen", stellte Lorenz fest. „Das fürchte ich auch", sagte die Schildkröte, „wenn der abends die Backstube schließt, ist wahrscheinlich nicht ein Krümel übrig geblieben."

Sie sahen Herrn Nimmersatt noch eine Weile zu, da hatte Erwin plötzlich eine Idee. „Ich weiß, was wir machen", flüsterte er Lorenz ins Ohr, „wir werden dem Bäcker anbieten, einen Moment Pause zu machen und für ihn das Backen zu übernehmen". „Und dann?", fragte der kleine Bär. „Dann rühren wir einen Teig an, bei dem ihm für immer und ewig der Appetit vergeht", antwortete die Schildkröte. Der kleine Bär klatschte leise in die Hände. „Klasse Idee", sagte er, „das machen wir."

Erwin trat an den Backtisch von Herr Nimmersatt. „Wir hätten da einen Vorschlag zu machen", begann er. Herr Nimmersatt bediente sich schon wieder bei seinen Plätzchen. Diesmal stopfe er sich gleich zwei auf einmal in den Mund. „Sie sehen ziemlich müde aus", fuhr Erwin fort, „deshalb wollten wir Ihnen anbieten, dass wir jetzt mal für eine halbe Stunde die Backstube übernehmen. Dann können Sie einen Moment ausruhen." Herr Nimmersatt war begeistert von diesem Angebot. „Vielen Dank", sagte er, „ich leg' mich oben ein bisschen hin. Ihr könnt ja rufen, wenn ihr das erste Blech fertig habt." Herr Nimmersatt klaubte alle fertigen Plätzchen, die noch neben ihm lagen zusammen und stopfte sie in die Tasche seiner Schürze. Dann verließ er schmatzend die Backstube.

„So", sagte Erwin, „den wären wir erst mal los. Jetzt müssen wir nur noch nach geeigneten Zutaten suchen." Erwin begann, in den Schränken und Regalen zu kramen, die die Wände der Backstube ausfüllten. „Schade, dass er alle Plätzchen mitgenommen hat", meinte Lorenz. Dann beteiligte er sich an der Zutatensuche.

Mehl und Zucker hatten sie schnell gefunden, ebenso Eier, Milch und Marmelade, mit denen sie ihre Plätzchen hätten füllen können. Erwin stellte den Marmeladentopf gleich wieder zurück. „Die ist für unsere Zwecke nicht geeignet", murmelte er. „Das hier aber schon", rief der kleine Bär. Er hielt eine verstaubte Flasche mit Tabasco, ein schon reichlich unfrisch aussehendes Stück Leberwurst und ein Glas mit Gewürzgurken in den Händen.

Eilig rührten die Freunde den Teig zusammen, zerkleinerten die Gewürzgurken in kleine Würfel und rührten die Leberwurst in das Gebräu. „Noch eine bisschen Würze gefällig?", fragte der Bär. „Aber klar", sagte die Schildkröte. Lorenz gab einen großen Schuss Tabasco in den Teig. Sie stachen die Plätzchen aus, legten sie auf das Blech und schoben dieses in den großen Ofen, der noch von der letzten Ladung heiß war. 20 Minuten später zogen sie die verführerisch aussehenden Plätzchen aus dem Ofen. Sie dufteten sogar einigermaßen lecker.

Erwin ging zurück in den Verkaufsraum und rief: „Herr Nimmersatt, wir sind fertig!" „Das ist gut", hörten er von oben die Stimme, „ich hab' nämlich ganz schönen Appetit." Keine Minute später erschien Herr Nimmersatt in der Backstube. „Die sehen aber lecker aus", sagte er, als er das Blech mit den frischen Plätzchen sah. Die beiden Freunde mussten den Bäcker nicht erst auffordern, von dem Gebäck zu kosten. Er nahm gleich eine ganze Hand voll und stopfte sich die Plätzchen gierig in den Mund.

Erwin schüttelte mit dem Kopf. Der kleine Bär hingegen konnte die Spannung kaum verbergen, mit der er auf die Reaktion von Herrn Nimmersatt wartete. Und sie ließ nicht lange auf sich warten. Der Bäcker hatte gerade den ersten Bissen heruntergeschluckt, da riss er auch schon die Augen auf und keuchte: „Wasser!" Offenbar hatten die Freunde beim Tabasco genau die richtige Dosierung erwischt.

„Was war das denn?", rief Herr Nimmersatt, nachdem er zum Waschbecken gestürzt war und mindestens einen halben Liter Wasser direkt aus dem Hahn getrunken hatte. „Das waren Plätzchen", antwortete Erwin. „Die ess' ich ganz bestimmt nie wieder", versicherte Herr Nimmersatt eilig, „ich schwöre es, künftig werde ich nur noch Plätzchen backen, die für den Verkauf bestimmt sind." Erwin zwinkerte dem kleinen Bären zu, der immer noch allergrößte Mühe hatte, einen Lachanfall zu unterdrücken.

Sie verabschiedeten sich von Herrn Nimmersatt, verließen die Weihnachtsbäckerei und traten auf die Straße. Dort wartete bereits der Flaschengeist. „Und?", fragte er gespannt. „Alles paletti", antwortete der kleine Bär.

„Fein", sagte der Flaschengeist, „dann kann ich ja bald wieder die berühmten Nimmersatt-Plätzchen essen. Und wir drei können uns die letzte Prüfung vornehmen." War das Abenteuer des kleinen Bären und der Schildkröte tatsächlich schon bald vorbei? Na ja, erlebt hatten sie wahrlich genug. „Seid ihr bereit für die nächste Prüfung?", fragte der Flaschengeist. Erwin und Lorenz nickten. „Dann tretet einen Schritt vor", sagte der Geist, „und schreitet durch die vierundzwanzigste Pforte."

24 Die fleißigen Bienen

„Plopp!", machte es. Der kleine Bär und die Schildkröte standen in einer Landschaft, die von sanften Hügeln, Wäldern und Feldern geprägt war, die sich bis zum Horizont erstreckten. Es sah fast aus wie zu Hause. Sollten sie etwa wieder daheim sein? Dagegen sprach, dass es kein trister Novembermorgen wie bei ihrem Strandspaziergang war, sondern ein schöner Frühlingstag war, an dem die Sonne mit ihren ersten kräftigen Strahlen das Land wärmte.

„Schön hier", sagte Lorenz. „Stimmt", entgegnete Erwin, „was jetzt wohl passiert?" Darauf konnte auch der kleine Bär keine Antwort geben. Weil sie sonst nichts zu tun hatten, beschlossen sie, den Weg entlangzugehen, der sich sanft geschwungen durch die Landschaft zog. Als sie eine Weile gegangen waren, merkten sie plötzlich, dass sich unbemerkt noch eine dritte Person zu ihnen gesellt hatte. Einige Meter hinter ihnen lief der Flaschengeist. Er trug dicke Wanderstiefel, eine derbe Cordhose, die ihm bis zu den Knien reichte, und ein kariertes Hemd. Auf seinem Rücken trug er einen Rucksack. Und auf dem Kopf des Geistes saß eine Art Tirolerhut.

„Willkommen zu eurer letzten Prüfung", rief der Geist den beiden Freunden zu und hob zum Gruß die Hand, „was für ein herrlicher Morgen." Erwin und Lorenz winkten zurück und bestätigten, dass es ein schöner Tag sei. Der Geist beschleunigte seine Schritte, holte auf und lief nun neben den beiden Freunden. „Was machen wir hier?", fragte der kleine Bär vorsichtig. „Oh, ihr werdet schon sehen. Ich nehme eine kleine Abkürzung", antwortete der Geist, bog in einen Weg nach rechts ein – und verschwand.

Erwin und Lorenz gingen weiter. Vögel zwitscherten, die Sonne entwickelte immer mehr Kraft. Blütenduft lag in der Luft und brachte eine leise Vorahnung des nahen Sommers mit. „Es ist wirklich ein herrlicher Tag", sagte die Schildkröte. Der kleine Bär antwortete nicht, denn ein Gegenstand, der achtlos am Wegesrand stand, hatte seine Aufmerksamkeit erregt. Es handelte sich um einen großen Tonkrug. „Sieh mal", sagte Lorenz und steuerte auf den Krug zu. „Pass auf, dass wir nicht noch einen Flaschengeist erwecken, sonst geht das ganze Spektakel von vorne los", warnte Erwin.

Doch in dem Krug befand sich kein Flaschengeist. Er war vielmehr bis zum Rand voll mit goldgelbem Honig. „Honig!", rief der Bär begeistert, „was bin ich für ein Glückspilz! Darf ich den Krug mitnehmen?" „Klar", sagte Erwin, „du magst doch für dein Leben gerne Honig." „Eben", entgegnete Lorenz, streckte seine Tanze in den Krug und schleckte sie genussvoll ab. „Mhhh, der ist aber lecker", sagte der kleine Bär. Lorenz war glücklich. Wenn er ein wenig sparsam damit umginge, dann würde der Honig in dem Krug für ein ganzes Jahr reichen.

Sie gingen weiter, und die Landschaft veränderte sich. Waren sie vorhin durch Felder gelaufen, war der Weg nun von vereinzelten Bäumen gesäumt, durch deren Kronen die Sonne schien. „Das waren schon tolle Abenteuer, die wir erlebt haben", sagte der kleine Bär, „aber ich bin auch ganz froh, wenn wir wieder zu Hause sind." Die Schildkröte nickte. „Ich auch", sagte Erwin. Dann schwiegen sie eine Weile. Jeder hing seinen Gedanken nach. Der kleine Bär musste an das Motorrad mit Beiwagen denken. Wenn sie diese Aufgabe bestanden, würde sein großer Traum endlich in Erfüllung gehen. Und bislang nahm sich die Prüfung äußerst harmlos aus.

Verdächtig harmlos, dachte Lorenz gerade, als sie an eine große Wiese mit Frühlingsblumen in den schönsten Farben kamen. Plötzlich war die Luft erfüllt von einem Summen. „Bienen", sagte Erwin, „hier müssen irgendwo Bienen sein." Und dann sahen sie auch schon den großen Bienenstock. Er hing in einem Baum, der mitten in der Blumenwiese stand. „Guck mal, da oben", sagte der kleine Bär und deutete mit der Tatze, an der noch immer ein wenig Honig klebte, zu dem Baum.

Im nächsten Moment sahen sie die kleinen Insekten. Und eine der Bienen kam genau auf sie zugeflogen. „Hallo", hörten sie plötzlich eine Stimme. Sie gehörte der Biene. Erwin und Lorenz sahen sich verdutzt um, bis sie endlich begriffen, wer da gesprochen hatte. „Guten Morgen, Biene", sagten sie. „Leider ist der Morgen gar nicht so gut", entgegnete die Biene und flog um die beiden Freunde herum. Lorenz hatte seinen Krug mit Honig vorsichtshalber unter seinem Arm verdeckt gehalten. Natürlich wusste er, dass auch Bienen gerne Honig mochten. „Warum ist der Morgen denn nicht gut?", fragte er nun das Insekt, das vor ihnen durch die Luft summte und dabei keinen sehr glücklichen Eindruck machte.

„Ich bin Benjamin, der Bienenkönig", stelle sich die Biene vor, „und mein Volk hat große Sorgen." Erwin und Lorenz sahen Benjamin bestürzt an. „Was ist denn passiert?", fragte die Schildkröte. Die Biene setzte ein noch traurigeres Gesicht auf. „Unsere Honigernte ist in diesem Jahr sehr mager ausgefallen. Wir haben so gut wie keinen Honig sammeln können. Und jetzt wissen wir kaum noch, wie wir unsere Jungbienen ernähren sollen."

Lorenz ließ den Krug noch ein bisschen weiter unter seinem Arm verschwinden und blickte sich verstohlen um. Erwin warf ihm einen strengen Blick zu. Der kleine Bär schüttelte mit dem Kopf. „Einen Moment", wandte sich die Schildkröte nun an Benjamin, „mein Partner und ich müssen kurz etwas besprechen."

Erwin zupfte dem kleinen Bären am Fell und sagte: „Komm mal mit". Widerwillig folgte Lorenz seinem Freund. Sie gingen ein kleines Stück den Weg hinauf. Der kleine Bär ahnte, was nun kommen würde. „Aber ich mag doch nun mal so gerne Honig. Und der Inhalt des Kruges würde für ein ganzes Jahr reichen, wenn ich sparsam damit umgehe", verteidigte er sich, ohne dass die Schildkröte auch nur ein Wort sagen musste. Erwin schüttelte mit dem Kopf. „Wie ich dich kenne, kleiner Bär, wird der Krug in spätestens drei Wochen leer sein. Außerdem ist das Bienenvolk in Not. Wir müssen ihnen helfen."

Lorenz war hin- und hergerissen. Sollte ihm sein schöner Honig tatsächlich schon wieder abhanden kommen? Der kleine Bär wollte der Schildkröte gerade erklären, warum er den Honig unmöglich den Bienen überlassen konnte, doch dann besann er sich eines Besseren. „Du hast recht", sagte er entschlossen, „die Bienen brauchen den Honig dringender als ich. Außerdem können wir ja neuen Honig suchen, wenn wir wieder zu Hause sind." Erwin strahlte. „Genau", sagte er, „ich verspreche auch, dir bei der Suche zu helfen." Jetzt strahlte auch Lorenz.

Sie gingen zurück zu der Stelle, wo die Biene noch immer voller Kummer durch die Luft summte. „Ich glaube, wir haben eine Lösung für euer Problem", sagte die Schildkröte und stupste den kleinen Bären an. „Genau", bestätigte Lorenz, „wir haben nämlich vorhin einen großen Topf mit Honig gefunden. Und wenn es euch hilft, dann stellen wir ihn euch gerne zur Verfügung." Der kleine Bär holte den Krug endlich unter dem Arm hervor und zeigte ihn der Biene. Benjamin konnte sein Glück kaum fassen. „Das würdet ihr tun?", rief er begeistert und schlug in der Luft einen Purzelbaum, „oh, vielen Dank. Das werden euch mein Volk und ich nie vergessen."

Sie folgten der Biene zu dem Baum, ganz vorsichtig, um die schönen Blumen nicht zu zerdrücken. Im Nu hatte Benjamin das ganze Bienenvolk zusammengetrommelt. Hunderte Bienen tanzten vergnügt um die beiden Freunde herum und bedankten sich überschwänglich bei ihnen. „Vielen Dank noch mal", sagte auch Benjamin, „ihr habt meinem Volk wirklich aus der Not geholfen."

Im selben Moment hörten sie ein Geräusch. Der Geist, immer noch als Wanderer verkleidet, bahnte sich vorsichtig seinen Weg durch die Blumenwiese. „Bravo", sagte er, als er die beiden Freunde erreicht hatte, „wie ich sehe, habt ihr den Bienen den Krug mit Honig überlassen. Das war sehr großzügig und sehr uneigennützig von euch. Wenn andere in Not sind, dann muss man ihnen helfen, und das habt ihr getan". Der kleine Bär bedauerte es keine Sekunde mehr, dass er seinen großen Fund verschenkt hatte. Er fühlte sich einfach phantastisch.

„Und ich kann euch noch etwas verraten", fuhr der Flaschengeist fort, „ihr habt die letzte Prüfung bestanden". Jetzt sprach er vor allem den kleinen Bären an. „Es war eine der schwierigsten Prüfungen, weil ihr auf etwas verzichten musstet, das euch sehr wichtig war. Deshalb habt ihr es euch auch redlich verdient, dass ich euch euren großen Wunsch erfülle." Lorenz hatte das Gefühl, dass sein Herz einen Hüpfer machte. Sie würden wirklich ein Motorrad mit Beiwagen erhalten. Er überlegte einen Moment. Sollte er wirklich? Der kleine Bär gab sich einen Ruck. „Hören Sie, Herr Geist, wir würden auch auf das Motorrad verzichten, wenn es jemanden gibt, der es dringender braucht als wir", sagte er schließlich. Erwin sah seinen Freund voller Stolz an. Der Flaschengeist konnte kaum seine Rührung verbergen. „Nein, nein", sagte er dann, „das ist schon in Ordnung so. Ihr sollt euer Motorrad mit Beiwagen bekommen." Lorenz konnte es kaum fassen.

Im Hintergrund tanzten die Bienen um den Honigtopf und transportierten winzige Mengen des Inhalts in den Bienenstock. Der Flaschengeist baute sich vor den beiden Freunden auf und stellte ihnen die entscheidende Frage: „Seid ihr bereit, euer Geschenk entgegenzunehmen?", fragte er. Erwin und Lorenz nickten. „Dann tretet einen Schritt vor", sagte der Geist, „und schreitet durch die Wunschpforte."

Auf zu neuen Abenteuern

„Plopp!", machte es. Der kleine Bär und die Schildkröte fanden sich an dem Strand wieder, an dem ihr großes Abenteuer begonnen hatte. Und vor ihnen stand ein funkelnagelneues Motorrad mit Beiwagen. Der kleine Bär glaubte, seinen Augen nicht zu trauen. „Hier ist es", sagte der Flaschengeist und deutete mit einer ausschweifenden Geste auf das Motorrad, „und fahrt immer schön vorsichtig". Er schnippte mit dem Finger, und vor dem kleinen Bären und der Schildkröte hingen zwei Helme in der Luft. „Kleine Zugabe", sagte der Flaschengeist, „weil ihr alle Prüfungen so toll gemeistert habt."

Erwin und Lorenz nahmen die Helme und setzten sie auf. Sie passten perfekt. „Vielen Dank", sagten sie beide. „Gern geschehen", antwortete der Geist, „und viel Spaß mit eurem Motorrad." Der Flaschengeist schnippte noch einmal mit dem Finger, und im Sand stand plötzlich eine Standuhr. Er blickte auf das Ziffernblatt. „Oh, schon so spät", sagte er, „ich muss mich langsam verabschieden." Der Geist schnippte erneut mit dem Finger, die Uhr war wieder verschwunden. „Also", sagte er, „noch einmal alles Gute für euch beiden. Vielen Dank, dass ihr mich aus der Flasche befreit habt. Mir hat's viel Spaß gemacht. Und ich werde euch bestimmt vermissen. Aber vielleicht sieht man sich ja noch mal." Der Geist zwinkerte den beiden Freunden vielsagend zu. „Wir werden Sie auch vermissen, Herr Geist", sagte Lorenz, „und noch mal vielen Dank für das tolle Motorrad." Sie verabschiedeten sich voneinander. In einer Wolke aus grünem Rauch verschwand der Flaschengeist.

Lorenz bestieg das Motorrad, Erwin kletterte in den Beiwagen. „Sitzt du gut?" fragte der kleine Bär. „Jo", entgegnete die Schildkröte und klappte das Visier ihres Helmes herunter. Dann brausten sie los. Und es wurde das schönste Weihnachtsfest, dass sie je zusammen gefeiert hatten.

Ende

Über den Autor

DETLEF GLÜCKSELIG

Detlef Glückselig, Jahrgang 1965, wurde in Nordenham geboren. Er ist seit vielen Jahren als Journalist in der Wesermarsch tätig. 2005 erschien von ihm der Kriminalroman „Feine Kerle".

Über die Illustratorin

CHRISTINE PAPE

Die Künstlerin Christine Pape wurde 1975 in Bad Pyrmont geboren. Sie lebt und arbeitet seit 2003 in Butjadingen. Seit 2007 betreibt sie ein eigenes Atelier. Dort widmet sie sich der Acryl- und Aquarellmalerei und war auf zahlreichen Ausstellungen vertreten.

Detlef Glückselig schrieb „Das Geheimnis der 24 Pforten" ursprünglich für einen Adventskalender: Hinter jeder Tür verbarg sich eine Geschichte. Das komplette Buch eignet sich zum Vorlesen oder Selberlesen für Kinder ebenso wie für Erwachsene – und das nicht nur in der Weihnachtszeit.